나의 복숭아

김신회
남궁인
임진아
이두루
최지은
서한나
이소영
김사월
금정연

나의
복숭아

꺼 내 놓 는 비 밀 들

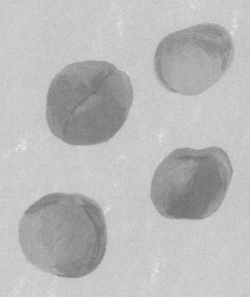

글항아리

차례

사랑을 모르는 사람

김신회

김신회

에세이스트. 아름다운 문장, 멋진 이야기보다 솔직한 글에 더 관심이 많다. 마음을 터놓은 글은 쓴 사람의 마음을 어루만지고, 읽는 사람에게 분명히 가닿는다고 믿는다. 『보노보노처럼 살다니 다행이야』『아무튼, 여름』『가벼운 책임』 등을 썼다.

"엄마 보고 싶다."

문득 누군가가 중얼거리는 말. 적당히 대꾸해도 마음으로 다가온 적은 없는 말이다. 나는 엄마가 보고 싶었던 적이 별로 없다. 엄마가 싫어서가 아니다.

이제까지 살면서 누군가가 보고 싶었던 적이 얼마 없다. 학창 시절에 수학여행을 가거나 친척 집에 오래 머물 때, 집에 가고 싶어지긴 했어도 부모님이 보고 싶지는 않았다. 다른 가족이 보고 싶었던 적도 드물다. 조카가 생기고 나서 한동안 그 귀여움에 푹 빠져 살았지만 보고 싶다는 마음이 자주 들지는 않았다. 연애할 때, 애인과 장기간 떨어져 있어도 괜찮았다. 나는 왜 아무도 보고 싶지가 않을까.

보고 싶은 사람이 없다는 건 무슨 뜻일까. 온전히 마음을 쏟는 존재가 없다는 뜻 아닐까. 누구도 사랑하지 않는다는 얘기 아닐까. 나는 사랑을 할 줄 모르나? 그래서 사랑받을 줄도 모르나? 대체 사랑이 뭔데?

내 의문과 달리 세상은 사랑에 대해 쉽게 이야기한다. 사랑을 주고받는 일의 숭고함에 대해, 당연함에 대해 말한다. 가족은 사랑입니다, 사랑은 모든 것을 이기죠, 당신의 사랑을 표현하세요…… 나는 모르는 걸 세상 사람들은 다 알고 즐기며 사는 것처럼 보인다. 그래서 다짐한다. 사랑을 해보자. 음…… 그런데 방법을 모르겠네. 일단 흠뻑 빠져들 수 있는 무언가를 찾아보자.

십대에서 이십대 초반까지 내가 사랑을 쏟은 대상은 연예인이었다. 마음에 드는 연예인을 골라가며 사진을 수백 장씩 저장하고, 녹화해둔 영상을 반복해 돌려보거나 프로필을 줄줄 외웠다. 내성적이었던 나는 친구들과 어울리거나 이리저리 놀러 다니는 일에는 관심이 없었고, 공부와도 낯을 가려서 학업과도 일정한 거리를 뒀다. 놀 줄 모르는 성향 탓인지 취미라고 부를 만한 것도 딱히 없었다. '넘치는 시간, 남아도는 힘, 친구 없음.' 덕질하기에 최적의 조건이었다.

뉴키즈 온 더 블록New Kids on the Block의 노랫말을 해석하기 위해 영어사전을 들여다봤고, 일본 패션지 속 기무라 다쿠야의 인터뷰를 제목이라도 파악하고 싶어 히라가나를 외우기 시작했으며, 아무로 나미에를 보면서 최신 유행 패션을 탐구했다. 학교에 안 가는 날에는 015B 콘서트 전날부터 공연장 앞에 줄을 섰고, 솔리드의 숙소 앞을 어슬렁거렸다. 야간 자율학습 시간에는 귀에 이어폰을 꽂고 라디오만 들었다. 남들이 모의고사 문제집을 풀 때 나는 엽꾸(엽서꾸미기)에 매진하며 신해철, 유희열에게 보낼 사연을 작성했다. 그러는 동안 내가 사랑을 하고 있다고 생각했다.

덕질은 지겨운 일상을 쏜살같이 흘러가게 만들어주었지만 그만큼 시간 낭비로 느껴지기도 했다. 지금이야 '랜선 사랑'도 용인되고 응원받는 추세지만 당시에는 조롱당하기 십상이었다. 나조차 오른손이 하는 덕질을 왼손이 모르길 바랐다. 가까운 친구들에게도 알리고

사랑을 모르는 사람

싫지 않아 쉬쉬했고, 그 결과 사람이 점점 음습해졌다.

정신을 차리고 보니 '과몰입 오타쿠'가 되어 있었을 뿐, 마음속에 사랑이 충만해져 있지는 않았다. 어느 날, 내 젊음의 패기와 가슴앓이와 용돈이 고스란히 들어간 물품들을 쓰레기봉투에 집어넣으며 중얼거렸다. 이건 사랑이 아니야.

사회인이 되고 나서는 일에 빠져들었다. 첫 사회생활을 TV 방송작가로 시작했기 때문에 업무 특성상 자연히 일만 할 수밖에 없었다. 매일 새벽에 퇴근해 두 시간쯤 눈을 붙이고 나서 첫차를 타고 출근했다. 아무도 없는 회의실에 들어가 아무도 마시지 않을 커피를 내리고, 신문, 보도자료, 시청률그래프를 챙기고, 회의 자료를 출력하고, 선배들이 줄줄이 시킨 일들을 처리했다. 그러고 나면 이미 하루가 끝난 것 같았는데 그제야 선배들은 하나둘 출근하기 시작했다.

방송국 회의실에서 막내 작가는 존재감이라고는 없는 엑스트라, '행인 1'이다. 그러나 열 명의 주연보다 더 많은 일을 한다. 아무도 나에게 기대하지 않았지만 잘못하면 늘 크게 혼이 났다. 당시 나의 꿈은 '훌륭한 방송작가

되기'가 아니라 '혼나지 않기'였다. 그저 하루를 무사히 넘기기 위해 반쯤 감긴 눈으로 촬영을 준비하고, 아이디어를 모으고, 종일 뛰어다녔다.

내가 없어도 전혀 지장 없는 회의는 매일 있었다. 운 좋게 회의 시간에 발언 기회를 얻게 되면 몸 밖으로 튀어나올 것처럼 벌렁거리는 심장과 타오르다 못해 폭발할 것 같은 얼굴을 단속하느라 말 한마디 제대로 하지 못했다. 밤새 회의를 준비하면서도 회의에 회의적인, 나아가 인생에 회의적인 골수 회의주의자가 되었다. 집에와서는 그날 하루를 곱씹을 여유도 없이 실신한 사람처럼 잠들었다.

그러면서도 일과 사랑에 빠졌다고 믿었다. 일은 그런 착각을 하게 만들었다. 노력하면 잘될 것이라는, 누군가 나의 진가를 알아줄 것이라는, 일이 잘되면 나 역시 멋진 사람이 될 것이라는. 그 믿음이 산산이 부서지더라도 또 한 번 애쓰면 새로운 기회가 찾아올 것이라는 기대가 있었다.

깨어 있을 때는 물론 잠들어야 하는 시간까지 '일=나'라는 공식을 체화하며 지냈다. 일이 잘 풀리지 않으면 내 존재가 부정당하는 것 같았고, 실수하면 나라는 사람이 태어난 것 자체가 실수인 것 같았다. 정신 바짝 차려야 해. 틀리면 안 돼. 허점을 보여서도 안 돼. 그렇게 하다 보니 내 사랑은 보답을 받는 것처럼 보였다. 참여한 프로그램은 잘됐고, 내가 쓴 대본은 인정받았다.

사랑하면 행복해야 하는 것 아닌가. 그런데 왜 불행한 것 같지? 왜 툭하면 도망치고 싶고, 내가 꼴 보기 싫지? 왜 자꾸 사람한테 정이 떨어지지? 쉬는 날에도 왜 마음이 편치가 않지? 이런 생각이 들 때마다 나에게 잔소리를 했다. 일은 원래 그런 거야. 불편하니까 일인 거야. 불행한 만큼 잘하고 있는 거야.

어느 날, 피디가 갑자기 나를 부르더니 내일부터 나오지 말라고 했다. 나에게 죄가 있다면 일을 '너무나 많이 사랑한 죄, 너무나 많이 그리워한 죄'밖에 없었다! 말문이 막혀 이유도 묻지 못한 채 어영부영 짐을 챙겼다. 방송작가 10년 차. 타의에 의해 일을 그만두게 된 것은 직업을 갖고 처음 겪는 일이었다.

햇빛 쏟아지던 오후에 집으로 향하는 버스를 기다리면서, 일에 대한 나의 짝사랑이 끝났다는 것을 실감했다. 아무리 사랑하면 뭐 해. 일은 나를 알지도 못하는데. 다 내 잘못인 걸까. 생명이 없는 무생물을 사랑한 것이 잘못이었던 걸까. 애초에 일과 사랑에 빠졌다고 믿다니 나란 인간은 정신이 온전치 않은 걸까. 서서히 결론에 도달했다. 이것도 사랑이 아니었구나.

다음에는 연애로 눈을 돌렸다. 하지만 연애도 원만하게 해나가지 못했다. 잘 알지도 못하는 사람에게 금세 사로잡히거나, 마음을 주고받는 일이 두려워 관계를 시작조차 하지 못했다. 기나긴 시간 동안 내게 관심도 없는 사람을 진지하게 짝사랑했으며, 잘 안 될 것 같은 사람에게만 마음을 쓰며 혼자 애태웠다. 누군가를 만나도 처음에 본 장점보다 단점을 더 자주 발견하며 도망치듯 관계를 끝내버렸고, 상대의 마음은 헤아려볼 생각도 하지 않고 내 진심만 쏟아부었다. 마치 일 못하는 사람이 일을 대하듯 연애했다. 열심히 하면 잘될 거야. 노력하면 좋은 사이가 될 거야. 하지만 애쓰면 애쓸수록 관계는 엉망이 됐다.
어릴 때부터 순정만화, 로맨틱코미디 영화를 하도 봐

서 그런지 내 안에는 낭만적인 연애에 대한 환상이 있었다. 주위를 둘러보면 그렇게 지내는 사람은 아무도 없었는데 그 환상이 곧 실체라고 믿었다. 완벽한 내 사람을 만나면 주변으로 폭죽이 팡팡 터지고, 그와 함께하는 시간은 매분 매초 환상적이고, 남들 눈에도 보암직한 연애가 분명 있을 거라고 여겼다. 나에게는 물론 상대에게, 더 나아가 세상으로부터 인정받는 연애를 해야 한다고 생각했다.

문제는 남자들이 나를 좋아하지 않는다는 데 있었다! 실은 나도 남자들을 그리 좋아하지 않았다. 우리는 맞는 게 거의 없었고 그 상황은 현재까지도 가늘고 길게 이어지고 있다. 그런데 왜 나는 반드시 남자와 낭만적인 연애를 해야 한다고 생각한 걸까. 왜 그게 여자로서의 행복이자 목표라고 여겨온 걸까. 지금은 자연스레 떠오르는 의문이 그때는 들지 않았다. 그저 내가 모자란 사람 같았고, '정상적인 연애'를 하지 못하고 있다는 조바심만 커져갔다. 남자를 만나야 해. 남자에게 매력적인 여자가 되어야 해. 그럴듯한 연애를 계속해야 해. 그런데 왜 난 혼자야? 왜 나만 외로워? 다른 사람들은 다 행복해 보이는데!

파트너가 생기고 나서도 안도감에 사로잡혔을 뿐, 관계를 이어가는 일에는 소질이 없었다. 마음에 거리낌이 있거나 상대방에게 불만이 있어도 대충 뭉갰다. 그러느라 내 마음이 뭉그러지는 건 무시했다. 다툼이 생길까 겁나서 진심을 말하거나 문제를 직면하는 일도 피했다. 그래서인지 연애할 때면 늘 이유도 모른 채 잔잔하게 언짢았다. 그러면서도 그만두지 않았다. '원래 연애는 힘든 거야'라고 합리화하면서. '힘들어도 해야 되는 거니까'라고 스스로 압박하면서.

'하기 전보다 더 허무하네요'라는 한줄평만 남긴 연애 이후에는 우정에 몰두했다. 큰 노력을 들이지 않아도, 있는 그대로의 나를 인정해주는 친구들과 가뿐하고도 단단한 애정을 주고받았다. 실제로 이제껏 나를 버티게 한 대부분의 힘은 우정에서 왔다. 친구들과 모여 술잔을 나누며 끝도 없이 속내를 성토하는 밤이 지나면 새 하루를 살 수 있었다.

일 때문에 좌절하거나 인간관계에 무너지고, 앞날에 대한 의문에 시달릴 때도 곁에는 친구들이 있었다. 우리는 비슷한 경험을 공유하며 밀어주고 끌어주었다. 나와 거울같이 닮은 친구들을 보면서 위로받고, 용기를 냈다.

시간이 지나 각자의 삶은 달라졌다. 누군가는 결혼하고 아이를 낳아 키웠으며, 누군가는 여전히 일의 무덤에서 허우적댔다. 누군가는 직업적으로 성공했지만, 누군가는 자꾸 넘어지기만 했다. 누군가는 절친보다 믿음직스럽고 의지가 되는 존재를 찾았고, 누군가는 그런 모습에 배신감이나 서운함을 느꼈다. 시작은 비슷했지만 변해가는 상황 앞에서 우정이라는 단어는 모양과 색깔을 달리했다.

모두가 비슷한 보폭으로 앞을 향해 가면 좋았겠지만 '다 같이 잘되는 우정'이란 낭만적인 연애의 신화만큼이나 실현 불가능한 것. 그 때문일까. 점점 친구가 줄어들었다. 그나마 남은 친구들과도 자꾸 어긋났다. 우리가 변한 것인지 세월이 변한 것인지 탓할 새도 없이 시간은 흘러갔고, 지금은 각기 다른 자리에서 묵묵히 살아가고 있다. 만약 그게 어른의 삶이라면 우리는 어른이다. 외롭게, 약간의 허전함을 머금은 채. 하지만 그걸 티 내지는 않으면서 조금씩 어른이 됐다.

나의 복숭아

사랑에 목매듯 우정에 집착해온 지난날이 또 한 번 말을 거는 것 같았다. 이번엔 뭐에 매달릴 거니. 네 곁에 뭘 두어야 안심할 거니. 그동안 나는 대상만 달리해왔을 뿐 줄곧 나를 채워줄 것을 찾아 헤맸다. 내 안에서 답을 구해볼 생각은 하지 못한 채 어딘가에 해답이 있을 거라고 믿었다.

의지할 존재가 없다는 실감 때문에 꽤 오랜 시간 방황했다. 누군가에게는 가족일 수도, 연인일 수도, 때로는 생명이 아닌 것일 수도 있는 존재가 나한테만 없는 것 같았다. 내 안에 사랑이 없다는 좌절감. 그로 인해 느껴지는 허전함과 싸우는 일. 그게 나의 가장 큰 취약점이었다. 사랑을 모르면 모르는 채로 살아가도 될 텐데, 그렇게 살면 안 될 것 같았다. 아니, 그렇게 살기 싫었다. 뭔지도 모르는 사랑을 갈구하면서, 그러느라 더 사랑에 매달리면서 안전하고 완벽한 사랑을 찾기 위해 노력했다.

이제 와 생각한다. 내가 기나긴 시간 동안 누군가를 보고 싶어하지 않았던 것은, 보고 싶어하면 안 될 것 같아서가 아니었을까. 보고 싶다는 마음을 애써 누르며, 이

사랑을 모르는 사람

후에 다가올 일들을 단념해온 것은 아닐까.

보고 싶다는 마음은 사랑의 시작이다. 사랑이라는 감정은 책임감을 필요로 한다. 내 감정을 믿고 가겠다는 마음. 사랑이 끝나거나 사랑 때문에 상처받고 관계에 실패하더라도 감당하겠다는 마음. 그건 용기이기도 하다.

하지만 사랑에 다치고, 무너지고, 실연 후의 괴로움과 마주할 용기가 없는 사람은 '안 될 것 같은 사랑'을 반복한다. 진작부터 이루어질 것 같지 않은 사랑만 한다. 덕질이나 짝사랑을 이어가거나 자신을 바라봐주지 않는 사람에게 매달리거나, 만에 하나 이루어져도 문제인 사람에게 빠져든다. '사랑이 이루어지지 않는 건 내 책임이 아니니까, 상황이 도와주지 않았을 뿐 내가 문제여서는 아니니까'라고 변명할 수 있는 관계 속에서 산다. 겁쟁이는 늘 안전함을 선택한다. 하지만 그 선택이 안전하기만 할 리 없다.

사랑은 완벽하지 않다. 너저분하고 추악하고, 상처를 주고받으며, 아픔과 분노도 동반한다. 하지만 나 같은 겁쟁이들은 사랑의 밝은 면, 보드라운 점, 행복한 장면에만 주목한다. 그래서 조금이라도 그렇지 않다는 신호가 감지되면 줄행랑을 친다. 관계에 깊숙이 들어가지 않은 채 주변만 서성이며 상냥함과 안전함만 맛보려 한다. 모든 게 끝나고 나서는 어김없이 피해자의 얼굴을 한다. 진심으로 사랑했다고 변명하면서. 이건 사랑이 아니었다고 냉소하면서.

사랑을 알고 싶고, 사랑하며 살고 싶다는 오랜 열망은 나를 둘러싼 모든 감정을 통제하고 싶은 욕심의 발로였다는 것을 조금씩 알게 되었다. 잡히지 않는 무언가를 열망한다는 것은 그것을 손에 쥐고 싶다는 뜻. 손에 쥐고 싶다는 것은 내 뜻대로 움직여주기를 기대한다는 뜻. 나는 내 감정을 넘어 타인의 마음, 관계까지 내 힘으로 쥐락펴락하고 싶었다. 그게 가능하지 않다는 걸 알고 공허해졌다가도, 금세 몰입할 대상을 찾아 헤맸다.

그걸 깨닫고 나니 다른 마음이 들었다. 사랑을 모르면 모르는 채로 살자. 사랑이 없더라도 살아갈 수 있는 내가 되자. 그러자 새로운 길이 보였다.

요즘 나는 개랑 산다. 개 이름은 풋콩. 한 살쯤 되었을 때 울산 공항에 유기된 풋콩은 임시보호처를 전전하다 나에게 왔고, 몇 달 전 두 살이 되었다. 우리는 2년 가까이 같이 살고 있다.

기나긴 고민의 시간을 거쳐 입양을 결정하고 나서도 하루하루가 쉽지 않았다. 개를 잘 모르고, 개와 함께 사는 일상에도 적응하지 못해 허덕였다. 풋콩을 돌보는 일을 유난히 힘들어하는 내게 하루는 심리 상담 선생님이 질문을 건넸다.

"하고많은 개 중에 왜 풋콩이를 선택했나요? 왜 하필이면 유기견이었나요?"

"펫숍에서 강아지를 사고 싶진 않았어요."

"그랬군요. 그것 말고 다른 이유는 없었나요?"

"음…… 풋콩이는 버림받은 개잖아요. 상처가 있는 개잖아요. 그런 개를 돌보고 싶었어요."

그날, 두서없는 내 이야기를 한참 듣던 선생님은 말씀하셨다.

"풋콩이에게서 신회씨 본인의 모습이 보였던 건 아닐까요. 버림받은, 상처받은 건 신회씨 자신이 아닐까요?"

그 말을 듣고 한동안 멍하니 앉아 있었다.

"풋콩이보다 지금의 상황을 두려워하는 건 신회씨가

아닐까요. 버림받은 적 있는 풋콩이를 보면서 신회씨 안에 있는, 버림받는 일의 두려움을 대면한 건 아닐지요."

상담을 마치고 집으로 가면서 되돌아봤다. 나는 뜻대로 되지 않는 새로운 일상에 겁을 먹고 있구나. 하지만 그 두려움 안에는 분명 좋아하는 마음도 있다. 두려워. 그렇지만 좋기도 해. 그래서 해보고 싶어. 풋콩이랑 같이 한번 잘 살아보고 싶어.

일본 드라마 「빵과 스프, 고양이와 함께하기 좋은 날」의 주인공 아키코는 회사에서 일하던 중 갑작스레 어머니의 부고를 접한다. 홀로 식당을 운영하던 어머니의 죽음으로 가게는 문을 닫게 되고, 아키코는 그곳을 어떻게 처분해야 할지 고민에 잠긴다.

출판사 편집자로 일하는 그는 존경하는 저자로부터 식당을 직접 운영해보는 건 어떻겠냐는 조언을 듣는다. 식당을 운영해본 적도 없고, 요리도 그저 나 좋자고 하는 수준이라며 손사래를 치는 그에게 작가는 말한다.

"경험이란 건 누구에게나 똑같은 거예요. 처음엔 좋아하기만 하면 돼요. 자기 자신이 뭘 좋아하는지 아는 사람은 절로 행운을 부르는 것 같거든요."

사랑을 모르는 사람

아침에 눈을 뜨면 풋콩은 이미 나를 보고 있다. 매일 아침 마주하는 광경인데도 볼 때마다 웃게 된다. 눈뜨자마자 배시시 웃는 내 모습에 어리둥절해하는 털 얼굴을 향해 인사를 건넨다. "풋콩아, 안녕? 잘 잤어?"

풋콩은 대답 대신 재빨리 다가와 내 손에 앞발 하나를 툭 얹는다. 먹을 걸 달라는 뜻이다. 얘는 나랑 눈만 마주치면 먹을 걸 달라고 한다. 모르는 척 그저 쓰다듬으면 풋콩은 '원한 건 이게 아니었는데……'라는 듯 체념하는 표정을 짓는다. 그러다 이내 자세를 고쳐 앉고는 비장한 표정으로 다시 앞발을 올린다. 한 번, 두 번, 세 번. 밀어내도 굴하지 않고 또 올린다. 착!

풋콩은 마음에 안 드는 일이 있을 때마다 하루에도 몇 번씩 난리를 친다. 간식을 내놓으라고, 자길 봐주지 않는다고, 뜻대로 놀아주지 않는다고, 장난감이 엉뚱한 데 들어가버렸다고, 밖에서 이상한 소리가 들린다고, 예상했던 산책이 늦어진다고 짖는다.

하지만 나는 결코 화를 내지 않는다……라고 쓰고 싶지만 화날 때도 있다! 하지만 침착하게 흥분이 가시길 기다리거나 잠깐 거리를 두면서 짖음이 멈출 때까지 기다린다. 잠잠해지면 칭찬하며 간식을 준다. 그럴 때면 풋콩은 언제 짖었냐는 듯 간식에 몰두한다. 다 먹고 나서는 다시 내 손 위에 앞발 하나를 착 올린다. 또 달라고. 이렇게 잘 먹으니까 더 내놓으라고. 그 모습이 어이가 없어 푸하하 웃게 된다.

그럴 때마다 내 안에 따스함이 가득 차오른다. 아무리 보고 있어도 질리지 않는, 잠시만 떨어져 있어도 얼른 가서 끌어안고 냄새 맡고 싶은, 대신해서 내가 다치고 싶고 내가 아프고 싶은, 늦은 밤 들쳐 안고 동물병원으로 뛰어갈 때면 가슴이 바짝 타들어가는 것 같은, 언젠가 영영 헤어진다는 생각만 해도 곧바로 눈가가 그렁그렁해지는 순간을 매일 되풀이하며 살고 있다. 개 한 마리 덕분에 처음으로 나는 누군가가 보고 싶어 어쩔 줄 모르는 감정을 경험하게 되었다. 아무래도 이번만큼은 사랑이 맞는 것 같다.

아니 어쩌면, 지난날 내가 사랑이라 착각하고 무수히 해왔던 실패들이 모두 진짜 사랑이었을지도 모르겠다. 사랑을 모르면서도 사랑을 주고 또 받고 싶어했던 나는 사랑을 모른 채 사랑을 해온 사람이었을지도 모르겠다.

사랑을 모르는 사람

세상에는 그런 사람도 있다. 모르는 걸 좋아하는 사람. 잘 알지 못하면서 푹 빠져버리는 사람. 따지고 보면 원래 나는 그런 사람 아니던가.

　나는 사랑을 좋아하는 사람, 사랑을 하고 싶어하는 사람, 하지만 잘하지는 못하는 사람. 그러나 이번만큼은 잘해보고 싶다. 그래서 좋아하는 일부터 시작해보려 한다. 진짜 좋아한다는 걸 알게 되면 새로운 행운이 찾아올지도 모르니까. 내가 풋콩이를 마음에 품고 가족으로 맞이하고 사랑에 대해 다시 배우기 시작한 것처럼.

　그동안 사랑에 목매면서도 제대로 사랑할 줄은 모르는 내 모습을 줄기차게 부정해왔다. 하지만 이제는 받아들이려 한다. 이런 내가 더는 싫지 않다. 그 덕에 풋콩을 만날 수 있었으니까.

　사랑에 대해서는 여전히 잘 모르지만 조금씩 알아가 볼 것이다. 오늘도 나는 풋콩과 함께 하루하루 앞을 향해 간다.

도-레-미-미-미

남궁인

남궁인

응급의학과 전문의. 대체로 잘하는 일만 열심히 하면서 살았다. 학창 시절 국어 교과서를 읽다가 평생 글 쓰는 사람이 되기로 했다. 『만약은 없다』『지독한 하루』『제법 안온한 날들』 등을 썼고 『우리 사이엔 오해가 있다』 등을 함께 썼다.

주변에 그런 사람이 한 명쯤 있을 것이다. 왠지 어느 방면이건 재능이 있어 보이고 무슨 일을 맡겨도 그럭저럭 잘해내는 사람. 그래서 사람들이 "쟤는 못하는 게 별로 없어"라고 말하는 사람. 솔직히 나는 늘 그런 부류에 속했다. 어떤 일이건 사람들에게 실망감을 안기지 않으며 살았다. 가끔은 잡다한 일에서까지 의외의 재능을 보이기도 했다. 나 또한 그 사실을 알고 있었고 '대체로 뭐든 잘하는 사람'으로 보이기 위해 노력했다.

학창 시절, 나름대로 모든 과목을 잘했다. 교내 경시대회에서도 거의 전 과목에서 수상했다. 서울시 과학 경시대회에 나갔고 중고등학교 내내 피아노 반주자였다. 백

일장에서도 입상했고 졸업 교지에 자작시를 실으며 졸업했다. 의과대학에 한 번에 붙었다. 대학에 입학한 이후에도 조금이라도 잘하는 일이면 뭐든 계속 잘하고 싶었다. 아직 잘하지 못하는 일도 혹시 하다 보면 잘하지 않을까 궁금했다. 꾸준함과 성실함은 나의 결정적인 무기였다. 그렇게 많은 분야에 발을 담그기 시작했다.

의과대학을 졸업하고 병원에서 수련을 받으며 전문의 면허를 취득하는 동안 외국어를 배웠고 클래식 피아노를 치며 밴드에서 건반 주자로 활동했다. 사진기를 들고 출사도 다녔고 사람들에게 요리도 해 먹였고 책을 읽으며 꾸준히 글을 썼다. 모든 분야에서 성적은 그다지 나쁘지 않았다. 외국에 나가면 말도 몇 마디 했고 들을 만한 음악을 하고 봐줄 만한 사진을 찍었다. 먹을 만한 음식을 만들었으며 읽을 만한 글을 썼다. 바쁜 본업에도 호기심을 잃지 않고 이것저것 건드리며 열심히 살았다. 효율 또한 나쁘지 않았다.

이쯤 되면 사람들은 내가 무슨 일이든 '당연히 잘하겠지' 생각한다. 먼저 "정말 못하는데요?"라고 말해도 겸양의 미덕을 발휘하는 거라고 여긴다. 내가 뭘 하려고 들면, '어느 정도는 잘하겠지' 하는 시선으로 바라본다. 그러다가 정말로 못하는 모습을 보이면 사람들은 놀란다.

"정말 못하네요?"

"네. 제가 못한다고 했잖아요."

"……아……(아니 그래도 이렇게 못할 줄은!)"

나는 얼추 모든 것을 잘하는 편이었기에 '못하는 일'을 해야 하는 경우는 많지 않았다. 결정적으로 내 생활 신조 중엔 '못하는 건 하지 말자'와 '즐길 수 없으면 피해라'가 있었다. 다행히 내가 못하는 일은 대체로 굳이 안 하려고 마음먹으면 안 할 수 있는 것들이었다. 하지만 꼭 어쩔 수 없이 해야만 하는 것이면서도 그 앞에서는 정말이지 끔찍하게 무력해지는, 결정적인 약점이 내게는 하나 있다. 이 글의 화두가 될 '그 일'은, 학교에서도 사회생활에서도 군대에서도 놀 때도 그 외 다른 순간에도 필요하며 보통 피할 수 없다. 그 능력이 필요해지는 순간은 누구에게나 공평하게 온다. 한국 사람이라면 더더욱 자주 온다. 그러나 불행히도 나는 그 일에 정말 무참하게 무능하다.

도-레-미-미-미

다시 말하지만 나는 '그 일'을 못한다. 정말 대단히 못한다. 한마디로 젬병이다. 얼마나 못하느냐면, 'Not so well'이 아니라 'Cannot'의 수준으로 못한다. 아예 할 수 없는 정도로 못한다. 그 일이 성립되기 불가능한 수준으로 못한다. 내가 그 일을 하는 걸 보면 모두 '안 되겠다'고 생각한다. 누군가는 내가 그 일을 하는 걸 보고 "어처구니없어서 귀여울 정도"라고 말했다.

이 일은 내게 사람들에 대한 어떤 관용의 척도로 작용하기도 한다. 나는 내가 그것에 극도로 무능하다는 사실을 안다. 그래서 어쩌다 내 무능을 선보일 때, 내색하지 않거나 크게 웃음을 터뜨리지 않고 진지하게 노려볼수록 놀라운 인내력을 가졌거나 관용이 넘치는 사람이라고 여긴다. 또한 그는 내게 무한한 호의가 있음이 분명하다. 나는 평생의 경험을 바탕으로 호의를 가늠하는 척도로 이것을 사용한다. 이렇게 뜸을 많이 들인 이 능력의 정체는 바로,

바로,

노래다. 싱 어 송.

‘노래를 못하는 사람’을 가리키는 단어가 있다. 음치. 사전에서 음치를 검색해보면 ‘소리에 대한 음악적 감각이나 지각이 매우 무디어 음을 바르게 인식하거나 발성하지 못하는 사람’이라고 되어 있다. 지금 보니 이렇게 정확하게 나를 정의하는 단어의 배열이 따로 없다. 그럼에도 사람들은 선뜻 나와 ‘음치’라는 단어를 연결하기 어려워한다.

일단 나는 건반 악기를 오래 연주했다. 일곱 살 때부터 피아노를 시작해 지금까지 32년째 꾸준히 쉬지 않고 연주하고 있다. 웬만한 클래식 넘버와 대중음악은 연주 가능하다. 음이 조금이라도 화음에서 벗어나면 귀가 바로 알아챈다. 아마추어 밴드로도 8년이나 활동했다. 건반은 음감을 담당하는 일이 많고, 보컬의 톤을 조율하는 역할도 한다. 밴드에 신입 보컬이 들어오면 알맞은 톤을 제시하고 연습시키는 일도 내 몫이었다. 그래서인지 사람들은 처음부터 나와 음치를 연결 짓지는 않는다.

하지만 단언컨대 나는 음치다. 나는 ‘음악적 감각이 매우 무디어 음을 바르게 발성하지 못한’다. 노래는 내게 세상에 노력으로 되지 않는 일이 있다는 것을 알려준다.

도-레-미-미-미

나는 진짜배기 음치다. '도'를 '도'로 낼 수 없다. 그렇게 안 난다. '레'를 '레'로 낼 수 없다. 도저히 안 된다. 만약 훈련과 초집중을 통해서 운이 좋게 '도'와 '레'에서 제 음을 냈다고 해도 '미'보다 높은 음은 전부 '미'와 비슷한 소리가 나간다. 어떤 가수가 몇 옥타브 무슨 음까지 올라간다는 말을 들어봤을 것이다. 나는 어떤 옥타브도 없는 '미'가 한계다. 그 이상의 고음은 내게 무리다. 그러니까 내가 노래를 하면 사람들은 '미'보다 높은 음은 전부 '미'인 노래를 들어야 한다. 단, 도와 레를 낼 수 있다는 전제하에. 사실 억지로 음역을 끌어와 미보다 높은 음을 낼 수는 있다. 하지만 그건 어떤 음역을 지닌 소리가 아니라 괴성에 가까운 절규다. 그런 소리를 듣는 사람은 그다지 음역대를 중요하게 짚어보지 않는다. 그냥 쟤가 어떤 일정한 괴성을 내고 있구나, 파악한다. 그러니까 대체로 사람들에게는 미 근처의 소리로 들린다고 생각해도 무방하다.

인간은 어떠한 도구 없이는 자신의 목소리를 정확히 들을 수 없다. 입과 귀의 구조상 자신이 내는 소리는 왜곡되어 들릴 수밖에 없다. 녹음된 내 목소리가 낯선 타인의 목소리처럼 들리는 이유다. 인간은 자기가 부르는 노래 또한 정확히 들을 수가 없다. 그래서 가수들은 인이어를 끼고 음정을 잡아가며 노래한다. 비슷한 원리로 손으로 귀를 막으면 음정이 조금 더 객관적으로 들린다고 한다. (평생 귀를 막고 노래하는 시도를 해보았지만 진짜로 잘 들리는지는 모르겠어서 '들린다고 한다'고 적었다.)

나는 부끄러워서 녹음된 내 목소리를 1분 이상 듣고 있을 수 없다. 내 노래가 담긴 저주받은 녹음 파일 같은 것은 대략 십몇 년 전에 마지막으로 용기를 내서 들어보고 다시는 안 들었다. 인간은 생물학적으로 발성과 듣기가 완벽히 분리되어 있고, 따라서 예민한 귀와 꽥꽥대는 발성은 양립이 가능하다. 아이러니하게도 내 귀는 예민하고 틀린 음을 견디기 어려워한다. 나를 그렇게 학대해선 안 된다.

태어나면서부터 내가 음치인 걸 깨달은 것은 아니었다. 시간이 지나면서 음치의 객관화는 자주 무너지곤 했다. 누가 계속해서 가르쳐주는 것도 아니었고 경계는 자주 느슨해졌으며 사람들은 때때로 관대했다. 또한 평범한 남자 중학생과 고등학생은 대체로 노래를 잘하지 못

한다. 노래를 많이 못하는 남고생과 덜 못하는 남고생이
있을 뿐이다.

*

  이 이야기는 그래서 학창 시절로 되돌아간다.

  초등학교 때는 동요나 캐럴을 부르면 무조건 예쁨받
았다. 당시에는 음악에 대한 스트레스도 없었고 대중음
악에 대해서도 전혀 몰랐다. 얼마나 무지했냐면, 라디오
에서 노래가 나올 때마다 가수가 매번 노래를 부르고 있
다고 생각할 정도였다. 중1 때 처음 노래를 녹음해서 들
을 수 있다는 사실을 알게 되었다. 1996년이었고, 그해
H.O.T가 텔레비전에서 「전사의 후예」 데뷔 무대를 선보
였다. 당시 말로 간지 작살이었다. 그들을 우상으로 삼
지 않은 중학생은 없었다. 그들처럼 입고 그들처럼 춤추
고 그들처럼 노래하고 싶었다. 힙합 바지를 따라 입고
랩 가사를 중얼거리며 학교를 다녔다. 이후 젝스키스,
S.E.S, 핑클, 베이비복스가 연달아 데뷔했다. 나는 그들
의 노래를 라디오에서 녹음하거나 고속터미널에서 해적

판 테이프를 구해서 워크맨으로 들으며 학창 시절을 보냈다.

중고등학교 시절 학업 스트레스는 어마어마했다. 부모님은 시험 하나하나에 인생 전체가 걸려 있다고 강조했다. 하도 듣다 보니 그 말을 자연스럽게 믿게 되었다. 성적표를 받아들 때마다 남은 인생을 길거리에서 노숙하며 보내게 될 거라고 생각했다. 그래도 중간고사나 기말고사 끝나고 하루 이틀 정도는 눈치 보지 않고 자유롭게 놀 수 있었다. 어차피 부모님 말씀 잘 듣는 중고등학생이 놀아봤자 햄버거 세트를 사 먹고 평소에는 엄두도 못 내는 일탈의 상징인 당구장에 가서 어설프게 큐를 잡고 포켓볼을 두 판쯤 친 다음, 오락실에서 게임 몇 판 하고 노래방이나 갔다가 저녁 시간 맞춰서 집에 오는 게 다였다. 그때 난생처음으로 노래방에 가서 마이크를 잡아보았다. 듣는 사람 따위는 전혀 고려하지 않고 H.O.T와 젝스키스와 S.E.S와 핑클의 노래를 신나고 집요하게 불러댔다. 내 음악 세계는 1세대 아이돌이 전부였고 친구들도 비슷했다. 우리는 엇비슷한 노래를 돌아가며 선곡했다. 노래 실력 또한 내가 듣기엔 고만고만했

도-레-미-미-미

다. 우리는 잘 놀았다고 하며 각자 집으로 흩어졌다.

그러던 어느 날, 나는 듣고 말았다. "며칠 전 너랑 노래방 다녀왔던 애들이 그러던데, 너 노래 엄청 엄청 엄청 못한다며?" 뒷담화에 예민한 시기였기에 꽤 충격을 받았다. 아무도 내 앞에서 그렇게 말하지 않았던 것이다. 태연하게 같이 놀아놓고 뒤에서 비겁하게 노래 실력을 논하다니. 지금 돌이켜보면 그 노래를 듣고 면전에서 꾸짖지 않은 것만으로도 배려심이 우물처럼 깊은 친구들이었다.

나는 옛날부터 결점에 대한 인정이 빨랐다. 그래서 내가 남들보다 노래를 못하는구나, 정도로 생각했다. 하지만 그때까지만 해도 순도 100퍼센트 절망적인 음치라는 사실은 납득하기 어려웠다. 내가 하위 1퍼센트는 아닐 거라고 부인하는 것은 인간의 본성이기 때문이다. 그럼에도 "걔가 정말 엑스트라오디너리하게 노래를 못한다"는 소문은 점차 퍼져나갔다. 다양한 방면에서 자아 혼란이 왔던 시기니만큼 노래 실력 또한 혼란스러웠다. 그럼에도 다행이었던 것은 당시 힙합이 유행했다는 사실이다. 자연스럽게 그나마 가능한 랩을 담당하며 학창 시절을 보냈다.

대학에 입학했다. 의예과 내내 공부는 안 하고 놀기만
했다. 노는 일이 직업에 가까웠다. 술집과 피시방에서
대부분의 시간을 보냈다. 지겨우면 노래방에도 갔다. 학
교 앞 노래방은 한 시간에 5000원이었는데, 서비스 시
간이 거의 무한에 가까웠다. 밤 열두 시쯤 들어가서 노
래를 부르고 또 부르다가 도저히 끝까지 부를 수 없어서
집에 가려고 나와보면 사장님은 서비스 시간을 미리 넣
어놓고 카운터에서 주무시고 계셨다. 노래방에 뻔질나
게 드나들던 시절이라 우리는 콘셉트를 정하기로 했다.
하루는 제목이 'ㄱ'으로 시작하는 노래만 부르기로 했
다. 이튿날은 'ㄴ'으로 시작하는 노래만 부르기로 했다.
그러다가 'ㅎ'까지 다 불러보기로 했다. 노래를 다양하
게 듣고 많이 아는 편이었던 나는 조금이라도 아는 노래
는 그때 다 불러봤다. '가나다라마바사아자차카타파하'
를 다 부르는 데 성공한 바로 그날, 만취한 3차 자리에서
한 친구가 조심스럽게 말했다. "인이가 솔직히 노래를
잘하지는 못해." 약간 충격이었다. 그 길던 가나다라마
바사아자차카타파하의 시간은 무엇이었던가. 나는 내가

도-레-미-미-미

음치라는 사실을 조금씩 깨달아갔다.

　결정적인 사건은 내가 가입했던 동아리에서 일어났다. 조금 괴팍한 의료봉사 동아리였는데, 이미 의사 면허를 딴 선배들이 동아리에 나와서 재학생들과 술을 마구 퍼마시는 모임이었다. 사람과 문화부터 모든 것이 낡은 동아리였다. 1차에서는 반드시 신입생에게 노래를 시켰다. 그곳이 고깃집이든 중국집이든 사람 많은 장소든 상관없었다. 반주도 없고 모든 사람이 다 지켜보고 있는 자리에서 한 명씩 일어나 생목소리로 노래를 해야 했다. 심지어 랩은 인정되지 않았다. 놀랍게도 동기들은 다 노래를 잘했다. 하지만 내겐 노래를 부르는 일이 곤욕이었고 어떻게 해서든 생존해야 했다. 그래서 그나마 소화할 수 있는 노래를 찾기 시작했다. '미'보다 높은 음을 모조리 '미'로 불러도 그렇게 안 이상할 것. 그게 유일한 조건이었다.

　하지만 그런 노래가 있을 리 없다. 개중 조금 나은 노래를 찾았을 뿐이다. 해당 가수에게는 죄송한 말이지만 나는 펑크 음악이 그나마 도전할 만하다고 판단했다. 어쩌다 보니 크라잉넛 노래로 정했고, 그로써 평생의 18번이 탄생했다. 「밤이 깊었네」였다. 물론 노래 시작인 "밤이 깊었네~"부터 이미 미보다 높은 음이 나오지만, 이 노래는 걸걸한 목소리로 지르는 창법이기에 비교적 괜찮다고 생각했다. 열심히 연습해서 모임에 나가 "밤이 깊~었~네~"를 불렀다. 사람들은 즉시 경악했다. 처음부터 음이 단 하나도 맞지 않았기 때문이다. 그러나 동아리는 신입생에게 관대했다. 게다가 너무 많이 듣다 보니 사람들은 배경음악이구나 체념하며 그럭저럭 들어주었다. 나는 사람들이 시큰둥해지자 다른 노래를 부르고 싶어졌다. 그 노래가 조금 지겹기도 했다. 그래서 어느 날은 좋아하던 유행가를 불러보았다. 사람들은 웅성거렸다.

"저게 무슨 노래래?"

"가사는 보아 노랜데……"

"그럼 보아 노랜가봐."

그들의 대화가 선명하게 들렸다. 나는 재차 깨달았다. '아예 가사를 듣고서야 감별이 되는구나. 내 노래에서 음정과 박자는 무용하구나.' 지금은 내가 보아 노래를 직접 부르는 일이 금지되어 있다고 헌법에 명시되어 있음을 알지만, 당시 나는 스무 살이었다. 절망하면서도 완전히 절망하지는 않았다. 술을 먹으면 여전히 친구들과 노래방에 갔다. 음치였지만 많이 부끄럽지는 않았다. 사실 친구들끼리 술을 마시고 노래방에 가는 건 노래 잘하러 가는 게 아니라 자기 하고 싶은 대로 소리를 지르러 가는 것에 가까웠다. 처참한 노래 실력도 술기운으로 잘 견뎠다.

대신 피아노를 열심히 쳤다. 잘하는 것을 계속 잘하고 싶었다. 하루는 피아노를 치면서 노래를 불러보았다. 피아노 치는 남자에서 도약해 피아노 치면서 노래하는 남자가 되고 싶었다. 하지만 멀쩡한 피아노 선율이 끔찍하게 비린 잡탕이 될 뿐이었다. 나는 연주만 열심히 하기로 했다. 그러다가 피아노가 지겨워져 기타를 배우기 시작했다. 중고나라에서 기타를 한 대 사서 밴드를 하던 친구에게 속성으로 배웠다. 기타에는 약간의 소질이 있는 것도 같았다. 그래서 틈틈이 기타를 연습했다. 그런데 기타야말로 노래를 같이 해야만 의미 있는 악기였다.

나는 가장 초보적인 노래로 기타를 연습하기 시작했다. C와 G와 D7 코드로 이루어진 「옹달샘」이 목표곡이었다. 유일한 청자는 바닥을 닦던 어머니였다. 코드를 잡으며 노래를 불렀다. "깊은 산속~ 옹달샘~ 누가 와서 먹나요~" 그다음 가사는 익히 아는 대로 "새벽에~ 토끼가~"다. 그런데 '새벽에'의 '에'는 무려 한 옥타브가 높은 '레' 음이었다. 나는 죽었다 깨어나도 이 음을 낼 수 없었다. 내가 부르는 '에'는 줄곧 컨디션 나쁜 밥솥에서 맹렬히 김이 빠져나가는 소리로 들렸다. 새벽이 지나가야 토끼가 등장할 텐데, 토끼는 단 한 번도 제대로 등장할 수 없었다. 어머니는 안타까워하셨다. 임재범이나 김범수 노래도 아니고 「옹달샘」을 부르면서 좌절하는 아들이라니. '새벽에~'가 다가올 때마다 어머니는 줄기차게 미간을 찌푸렸다. 어머니는 이렇게 읊조렸다. "쟤 아빠는 그래도 노래를 잘했는데…… 연애할 때는 들어줄 만했었는데……" 그렇다. 음치 유전자는 어머니에게서 온 것이다.

그렇게 나는 기타도 포기하고 말았다. 그럼에도 일말의 희망을 버리지 않았던 본과 4학년, 나는 혹시나 하는 마음에 실용음악학원 보컬반에 등록해서 한 달을 배웠다. 그리고 이 한 달은 내가 공식적으로 완벽히 음치라는 것을 받아들이는 계기가 되었다. 선생님은 자신의 노래를 정면으로 마주해야만 발전이 있다면서 내 노래를 녹음해서 자꾸 들려주었는데, 이건 4차원에서나 자행되는 일이 아닐까 싶을 정도였다. 학원비를 이미 지불했으니 이를 악물고 다녔지만 한 달 뒤에는 5차원에서 일어나는 일처럼 느껴졌다. 돈을 들이고 노력해도 안 되는 일이 있다는 사실을 배웠다. 이후 나는 노래를 완전히 포기하고야 말았다.

*

평생 노래하지 않으며 살기로 마음먹은 뒤, 병원에서 의사로 일을 시작했다. 내가 몸담았던 병원은 사회생활의 끝판왕 같은 곳이었다. 나는 3차, 4차로 지겹게 노래방에 가야만 했다. 그런데 놀랍게도 음치라는 사실은 사회생활에서 전혀 걸림돌이 되지 않았다. 병원 회식 자리 따위에서 노래를 잘하는 사람은 아무도 없었고 실력을 진지하게 평가하는 사람 또한 없었다. 심각한 소리를 내는 사람 또한 많았다. 나는 평생 만날 음치를 그 시절에

다 만났다. 특히 노래 잘하는 의대 교수는 본 적이 없다. (아마 주변에서 박수와 격려만 받아서 그럴 것이다.)

　지적당하지 않다 보니 과거를 망각하고 무심코 노래방에서 마이크를 잡기도 했다. 레지던트 시절, 연락처를 교환하고 며칠 연락을 주고받은 우리는 늦은 밤에 만났다. 2차를 마치고 나오니 새벽이었다. 그녀는 노래방에 가자고 했다. 취할 대로 취했고 간질거리는 분위기도 충만했다. 그녀는 노래를 잘 부르는 편은 아니었지만 진심을 담아 열창했다. 그렇게 연애를 시작할 것이 분명한 두 사람은 아침까지 노래방에서 놀았다. 서로 감탄도 하고 박수도 쳐가면서.

　그녀는 사랑이 가득하고 관대한 사람이었다. 그러던 어느 날, 우리 사이에 위기가 찾아왔다. 항상 사랑이 넘치는 말만 하던 그녀는 미간에 힘을 주다가 용기를 내듯 말했다. "우리가 왜 다투고 있는데. 내가 너 노래하는 것도 다 들어줬잖아. 그거 아무렇지도 않게 박수도 쳐줬잖아. 내가 얼마나 잘해줬는지도 모르고." 마음이 뜨끔하며 치욕스러웠다. 나는 그녀가 관용이 넘치는 사람이었다는 것과, 내 노래는 아무리 깊은 사랑에 빠져도 커다

도-레-미-미-미

란 노력으로만 견뎌낼 수 있는 것이라는 사실을 다시금 깨달았다. 그 뒤로 만난 어떤 애인도 내가 노래하는 행위를 참지 않았다. 실수로 애인 앞에서 랄라라 콧노래라도 부를까봐 조심하며 살게 되었다.

그렇다고 음악까지 포기할 수는 없었다. 나는 직장인 밴드에 들어갔다. 젊은 시절 음악에 발을 담갔다가 직장인이 되어서도 도저히 음악을 포기할 수 없는 사람들이 모여 있었다. 그곳에서 묵묵히 건반을 쳤다. 공연도 몇 번 하고 불러주는 무대에도 나가면서 '음악 하는 사람'으로의 명맥을 이었다. 서로를 존중하고 분위기가 좋은 밴드였다. 하지만 밴드에서 세션을 오래 하면 자연스럽게 보컬을 규탄하게 된다. 세션은 미리 연습하고 악보도 외워 와야 하는데, 보컬은 집에서 '목'만 가지고 온다는 게 이유였다. 다들 시간을 쪼개 음악 하는데, 보컬은 앞에서 혼자 조명을 다 받고 세션은 뒤에서 연주만 해야 했기 때문이기도 했다.

그러던 어느 날 밴드 회식 자리에서 노래방에 갔다. 나는 그때 세션들도 무대에 나와서 주목받고 싶은 사람들인데 왜 노래를 하지 않고 악기를 연주하는지 깨달았다.

나의 복숭아

보컬과 세션의 노래 실력 차이는 어마어마했다. 아예 정상적으로 노래가 가능한 세션이 단 한 명도 없었다. 취기가 오른 나는 흥과 필만 가득한 그들의 노래에 용기를 얻어 한 곡 불렀다. 그전까지는 묵묵히 잘 듣고 있던 보컬 누나가 인상을 썼다. "이야, 대단하구나. 역시 우리 밴드의 대표 건반 주자야. 역시 인이는 건반이지." 노래를 하는데 갑자기 내 건반 실력을 칭찬하다니. 나는 사리분별이 되는 세션이었다. 이번에도 주기적인 깨달음을 얻었다. 역시 나는 여기서도 독보적이구나.

이후 나는 전문의가 되었다. 이제는 노래방을 가야만 사회생활이 되는 것도 아니고, 나에게 노래를 강요하는 사람도 없으며, 실수로라도 노래 비슷한 것은 내 입에서 안 나간 지 오래되었다. 노래란 그야말로 사회적 행동임을 깨닫는다. 지금 입을 열면 진성은 용이 반으로 갈라지는 소리, 가성은 초음파, 두성은 용광로에서 쇳조각이 박살나는 소리가 난다. 내 DNA에서 노래라는 것 자체를 소멸시켜야 함이 마땅하다. 그럼에도 나는 내가 음치라는 사실을 약 2년 주기로 잊어버린다. 노래하는 재미를 모르는 것은 아니기 때문이다. 그래서 가끔 주량

도-레-미-미-미

이상의 술을 무기 삼아 소수의 사람들을 경악시키고 있다. 내가 노래를 들려준다는 것은 극도의 신뢰를 표현하는 행위다. 팬데믹 이후 어느덧 마지막 노래방이 2년쯤 되어간다.

내 인생에 앞으로 몇 번의 노래방이 남아 있을까. 환갑을 넘긴 이후에는 그다지 의미가 없을 것 같으니, 대략 열 번쯤 남은 것 같다. 그래서 나는 종종 열 번의 노래방을 견디면 이번 생에서 더 이상의 굴욕은 없을 것 같은 기분이 든다. 부끄러운 과거를 이야기하다 보면 하나의 결론에 이른다. 나는 참 관대하고 좋은 사람들 사이에서 살았다. 코난이 범인 찾을 때처럼 내게 손가락을 겨누고 "으악, 음치다! 못 듣겠어"라고 한 사람이 살면서 한 명도 없었다는 게 정말 놀랍다. 너무 절망적이라서 지적할 용기조차 낼 수 없었던 것일까. 이 글은 내 입에서 불처럼 뿜어져 나오던 괴상한 소리를 듣고 참아주고 때로는 용기를 잃지 않게 격려도 해주었던 사랑하는 사람들에게 바치고 싶다. 다들 고생했다.

나의 복숭아

좋지만 싫다

임진아

임진아

읽고 그리는 삽화가. 생활하며 쓰는 에세이스트. 만화를 닮은 생각을
하며, 쓰고 그린다. 종이 위에 표현하는 일을 좋아한다. 여유를 중요
하게 생각하고, 계절에 신경을 쓴다.『빵 고르듯 살고 싶다』『아직, 도
쿄』『사물에게 배웁니다』『오늘의 단어』등을 썼다.

내일이 주어지는 밤이 쌓이면 쌓일수록 여럿의 내가 모인다.

어쩌면 우리는 한 권의 책이 될지도 모르는 이야기를 매일 쌓아가고 있는지도 모른다. 인간이란, 나무에서 시작해 한 장의 종이가 되고, 종이가 하나둘 쌓여 책 한 권이 되는 건 아닐까. 어딘가의 책장에 자리를 잡고 지내다가, 다시 나무가 될 준비를 갖추는 존재가 아닐까. 그렇게 한번 생각해보는 지금, 임진아. 삼십대 중반.

책이 되는 일을 주로 하다 보니, 온통 책 생각뿐이다. 책이 되기 싫은 사람도 있겠지.

어렸을 때는 내가 아는 내 모습이 지금처럼 다양하지

않았다. 주어지는 큰 슬픔들은 나에게서 비롯된 일이라기보다 집이라는 웅덩이의 영향이 컸다. 오히려 나는 내내 잠잠하려고 애쓰는 마음으로 대부분의 시간을 보내며, 학교에만 가면 실컷 웃다가 오려고 부단히 노력했다.

웅덩이에서 발을 빼며, 나로 시작하는 세상을 만난 지 얼마 되지 않았다. 그러자 알지 못했던 내 모습들을 시도 때도 없이 만났다. 지난 시절의 임진아들과 함께, 매번 새롭게 만나는 나의 이모저모를 밤마다 펼쳐 놓는다. 나에게 밤은, 하루 중 가장 혼자 되는 시간. 혼자 있더라도 혼자인 게 분명해지고, 누군가가 함께 있더라도 확실히 혼자가 된다. 밤은 나만 아는 나에게 손을 내미는 시간이다.

내가 곧 한 권의 책이 된다면, 어떤 이야기들이 모여들지를 따져본다. 소설을 읽다가 마음이 가는 등장인물이 있걸랑 그의 혼자 됨을 멋대로 상상한다. 양치를 할 때 조용히 눈을 감지 않을까, 친구한테는 이렇게 다정해도 엄마한테는 짜증 내지 않을까, 왠지 상사가 되면 무서운 사람일 것 같아, 이런 사람도 혼자 게임하다가 열받으면 화내겠지, 아침에 일어나 양말을 신을 때 침대에 앉아

나의 복숭아

서 신으면서 멍한 시간을 보내려나 하면서 책 속 캐릭터를 마치 나와 같은 세상에 사는 사람인 듯 여긴다. 책 한 권을 읽는 시간이 오래 걸리는 이유가 여기에 있다. 나와 너무나 다른 캐릭터를 만나게 되면 그를 만나기 위해 방문하듯이 책을 펼치고, 남 같지 않은 캐릭터를 만나면 책을 읽지 않을 때도 그를 가만히 그려본다.

분명 나처럼 여러 모습일 거야. 웃다가 그만 울어버리고, 울던 내 모습을 떠올리며 웃을 거야. 모든 이야기가 서로 이해되지 않아도 되니까. 자신이 뱉은 말을 얼마든지 잊어버리는 게 인간이니까. 나는 그 안에서 그냥 살 뿐이니까.

몇 해 전, 인터뷰를 하다가 한 입으로 두말한 사람이 된 적이 있다. 나에 대해, 내가 좋아하는 것에 대해, 내일에 대해 꽤 긴 시간 인터뷰를 했다. 장소가 내 작업실이어서 마음이 편하기도 했고, 어째선지 조금 솔직해져볼까 다짐하기도 했다. 인터뷰가 중반을 넘겼을 때, 인터뷰어가 고개를 갸우뚱거렸다. 질문에 대한 내 대답을 듣고는 살짝 웃으며 다시 한번 질문을 던졌다.

좋지만 싫다

"그런데요. 아까는 삶에서 일이 차지하는 비중이 꽤 커서 일을 고르는 게 중요하다고 했는데, 지금은 일보다 쉬는 게 더 중요하다고 하시네요. 어떤 게 맞나요?"

마음껏 말하다가 순간 바짝 몸이 긴장되었다. 여기저기에서 기회만 되면 외치는 내 단골 멘트 "제 일상의 메인은 쉼이어서요" 따위의 말을 그때도 한 것이다.

일을 고를 때 신중하다는 것과, 일보다 쉬는 것을 중심으로 하루를 지켜나간다는 것은 다른 이야기가 아니었다. 일을 잘하기 위해 쉬는 게 아니라, 잘 쉬면서 나를 편안하게 둘 줄 알아야 일도 할 수 있다는 말을 하고 싶었다. 그래야 일을 할 때의 나도 아닐 때의 나도 건강해질 수 있으니까. 그런데 어쩐 일인지 일이 중요하다면서도 일을 쉽게 여기는 사람이 된 것 같았다.

하지만 모든 일에 똑같은 마음을 대입할 수는 없지 않을까. 어떤 때는 쉼을 포기하고 일에 몰두하기도 하고, 일을 줄이고 푹 쉬기 위해 잘 맞지 않는 일을 선택해 나를 가둬두기도 한다. 내내 바라던 일이 들어와도 도저히 기운을 차릴 수 없을 때도 있고, 잘할 수 있는 일 앞에서 평소보다 몇 배 더 헤매기도 한다. 작업비와 작업비

지급일을 모르면 시작하지 않는 일이 있지만, 그런 것과 상관없이 먼저 마음이 가버리는 일이 있듯이 모든 건 다 다르다.

인터뷰 동안에 나는, 나라는 캐릭터를 잘 설정해두었어야 했다. 인터뷰가 끝난 후에 홀로 남은 내 책상에서 나를 살피는 데 골몰했다. 내가 나와 얼마나 다를 수 있는지를.

말하는 걸 좋아하지만, 또 말하는 걸 싫어한다.

글씨 쓰는 걸 좋아하지만, 글씨를 잘 쓰는 건 너무 힘들다.

비 오는 게 어느 날엔 좋고 또 어느 날엔 짜증 난다.

책은 사놓고 당장 안 읽어도 돼 vs. 그런 책이 너무 많아서 정리하기 힘들어

일을 잘하고 싶다. 근데 너무 잘하진 않아도 된다고 생각하고 싶다.

남을 배려심 있게 대하고 싶어, 그런데 내가 나를 가장 배려했을 때 그럴 수 있어.

웃긴 말을 들어서 한참 웃다 보니 좀 기분 나빠진다.

그림 그리는 건 좋지만, 누가 보고 있을 때는 절대 그리기

좋지만 싫다

싫다.

친구에게 편지를 보내겠다고 먼저 말해놓고 우체국 가기
는 너무 싫다.

그래. 인간은 책 속에 사는 캐릭터가 아니다. 방금 내
뱉은 말과 전혀 다른 쪽으로 걸어가고 있는 내가 있다.
그를 굳이 세울 필요도 없고, 어깨를 잡고 이쪽으로 데
려올 필요도 없다. 그저 내가 가장 나일 때의 순간이 언
제인지, 또 어떤 순간에서 괴로움을 느끼는지 그 이유를
들여다보면 된다.

말하는 게 재밌다고 느끼는 순간은 편한 사람들 앞에
서, 예를 들면 동거인과 함께 내 어린 시절에 대해 줄곧
떠들 때나 친구들과 최근에 본 드라마에 대해 떠들 때.
언제나 개미 목소리라는 말을 들으며 살다가, 오래간만
에 큰 소리를 내는 신난 개미가 된다. 말하는 게 싫을 때
는 낯설거나 친하지 않은 사람들 앞에서 입을 열어야 할
때나 발표하는 듯한 분위기일 때, 한 명씩 의견을 꼭 말
해야 하는 회의 시간. 목소리를 내는 것 자체에 에너지
가 쓰이는 걸 느낀다.

글씨를 쓰다 보면 종이 위에 미끄러지는 연필 소리가 나서 좋지만, 잘 써야 한다고 생각하는 순간 손가락이 아파온다. 첫 문장의 글씨체와 마지막 문장의 글씨체는 그 텐션이 늘 다르다. 대체로 힘이 없는 나는 좋아하는 마음을 앞세워서 있는 에너지 없는 에너지를 모은다.

그림은 혼자 그리고 싶다. 누군가가 보고 있을 때 글씨를 쓰거나 그림 그리는 걸 떠올리기만 해도 땀이 난다. 그래서 라이브 드로잉 촬영 요청이 오면 거절해왔고, 가끔 SNS에서 라이브 방송을 할 때도 절대 그림을 그리지 않는다. 정말 딱 한 번 그린 적이 있다. 책방 유어마인드에서 인스타그램 라이브로 서울 연희동의 지도 그림을 그리는 행사였다. 좋아하는 책방에서, 그것도 거의 혼자 조용히 앉아서(서점 운영자는 저 멀리 떨어져서 인스타그램으로 상황을 지켜보고 있다), 이미 그릴 것을 어느 정도 정해 가서(연희동 길을 먼저 그려 가고 장소들만 간단하게 그리는 식이었다), 짧은 시간 동안(토크를 곁들여 약 40분) 그리는 일이어서 할 수 있었다. 물론 땀은 났지만 좋아하는 동네에 대해 떠드는 일이다 보니 좋은 추억으로 남았다.

친구에게 줄 선물을 고르거나 편지를 써서 보내는 건

무엇보다 좋아하지만, 그걸 들고 우체국에 갈 걸 생각하면 금방 괴로워진다. 우편 대행업체가 있다면 맡기고 싶을 정도다. 나에게 우편이나 택배를 받은 사람들이 이 글을 보면 얼마나 놀랄까. 우체국에서 아무 생각 안 하는 사람은 또 얼마나 놀랄까. 우체국에 가는 게 괴롭다고? 우체국? 들고 가기만 하면 되는 일 아닌가? 하며 갸우뚱할 것 같다.

언젠가부터 우체국이나 은행, 병원 등에 가는 일이 평평한 하루에 툭 튀어나와 있는 거대한 걸림돌처럼 여겨지기 시작했다. 언제부터였을까. 아마 그곳에서 긴장을 느꼈던 날이었을 것이다.

대체로 평온한 내가 있듯이, 단번에 긴장해버리는 내가 있다. 비슷한 상황에서 전혀 다른 나를 만드는 감정이 바로 긴장이다. 나에게는 셀 수 없을 정도로 많은 내 모습이 있지만, 가장 오랫동안 나를 따라다니는 애. 쉽게 긴장하고, 긴장하면 땀이 쏟아지는 마음의 병을 가진 나. 그래서 그렇게 되지 않도록 되도록이면 나를 안온한 자리에 두려 하는 또 다른 내가 있다. 아침은 좋아하는 것들이 눈앞에 차려지도록, 여러 조건에 맞는 일을 골라 몸과 마음이 힘들지 않도록, 여러 사람이 있는 곳에는 되도록 가지 않도록, 무언가를 결정할 때는 혼자인 순간에 깊게 살펴볼 수 있도록 한다. 그리고 쉽게 약속하지 않는다. 모든 것은 긴장할지도 모르는 나를 향해 있다. 하지만 땀이 나는 일은 결코 피할 수 있는 일이 아니다. 살면서 우체국을 병원을 은행을 피할 수는 없으니까. 피해야 한다고 느끼는 순간, 이미 땀으로 범벅이 되어 있다.

우체국 이야기를 한번 해볼까.

나는 이 글을 쓰기 며칠 전, 계약서를 발송하기 위해 우체국에 다녀왔다. 우체국에 다녀오면 동거인에게 "다녀왔어" 대신에 "땀 많이 안 흘렸어"라고 말한다. 그러면 그는 내 등을 쓰다듬으면서 "고생했네. 사람 많지 않았어?" 하며 우체국에서의 내 안부를 묻는다. 그때까지도 내 이마에는 소량의 땀방울이 신선하게 맺혀 있다. 서류 한 장을 등기로 보내는 일에도 땀이 동반된다.

우체국에서 울고 싶었던 날이 있었다. 많았다. 처음에는 시간을 잘못 골랐다고 생각했지만, 동네 사거리에 위치한 우체국은 언제 가도 사람이 바글거렸다. 이 장면만으로도 가슴이 답답해진다. 제일 긴장이 되는 일은 번호표를 뽑는 타이밍을 맞추는 것이다. 바로 부칠 수 있게 준비를 해 간 경우라면 가자마자 번호표를 뽑지만, 우체국에서 포장을 하고 주소를 써야 하는 경우에는 대기자를 확인하면서 타이밍을 계산한다. 만약 번호표를 너무 빨리 뽑았다면 주소를 쓰는 손은 벌벌 떨리고, 보내는 이에 받는 사람 이름을 적어버리는 실수를 절로 한다. 그러고 싶지 않지만 심장이 쿵쾅거리면서 집에 가고 싶어진다. 온몸에서 땀이 나고, 이런 나를 들키기 싫어서 또 다른 긴장이 시작된다. 그 긴장도 땀을 데리고 다닌다. 겨우 준비를 마쳤는데 내 번호는 아직 한참 남아 있을 때도 많다. 시간을 여유롭게 써도 됐을 텐데, 내 번호가 불릴 때까지 우체국은 괴롭다는 생각만 하며 멍하게 서 있는다.

어떤 날에는 사람이 너무 몰려 박스에 테이프를 붙일 공간마저 협소하고 불쾌한 표정과 짜증 섞인 말들이 나에게 다가온다. 단지 그 이유만으로 땀이 펑펑 난 적이 있었다. 이날 나는 우체국에서 휴대전화를 떨어트려서 그만 액정이 산산조각 났다. 깨진 액정을 마주했을 때,

이건 지금의 내 모습과 다를 바가 없었다. 이럴 때 나는 또 울고 싶어진다. 괴로워서 땀이 나고 그 땀으로 인해 다시 생긴 긴장이 더해지면서, 긴장의 수분이 땀구멍에서 눈물구멍으로 방향을 바꿔버린다. 이런 내 모습은, 나만이 정확히 직면하는 나.

공황장애가 있다는 걸 나중에서야 알았다. 동네 한의원 홈페이지에 들어갈 일러스트를 그리게 되어, 그 연으로 진찰을 받았다가 공황장애가 있다는 소견을 듣고 나서야 '긴장하면 땀이 쏟아지는 마음의 병'이라고 생각했던 내 상태를 제대로 마주하게 되었다.

이십대 초반에 첫 회사를 다니며 처음으로 오롯이 내 하루로 인해 자존감이 낮아지는 걸 경험했던 시절, 퇴근 시간만 되면 만원 버스에 오르지 못했다. 몇 대의 버스를 그대로 보내며, 맨 뒤에 빈자리가 있는 버스를 마냥 기다렸다. 지금은 나 자신과 만나기 위해 아껴 쓰는 밤의 시간을, 그때는 버스 정류장에 앉아 펑펑 낭비했다. 내가 싫은 만큼, 나를 누구에게도 보여주기 싫은 마음이었다. 덥지 않아도 땀을 흘리는 나를 오랫동안 싫어했다. 그로부터 너무나 오래 나를 방치했던 게 아닐까. 그저 한마디가 필요했던 걸지도 모른다.

"나아질 수 있어요."

2층에 위치한 한의원에는 지금도 내 그림이 붙어 있다. 사람들이 많이들 좋아해준다고 선물로 약을 지어주셨다. 그날 얻은 것은 약만이 아니었다. 수시로 긴장하는 마음이 내 안에 확실히 자리하고 있다는 사실이었다.

긴장 하면 생각나는 아주 기묘한 일화가 있다.

고등학생 1학년 때의 일이다. 토요일을 맞이하여 친구 석을 따라서 석 네 동네에 갔다. 석은 우리 반에서 가장 웃긴 아이였다. 선생님은 물론 반 아이들, 연예인 모두 석의 필터를 통해 묘사되었다. 나보다 한참 컸던 친구의 얼굴을 올려다보면서, 늘 오줌을 참아야 할 만큼 웃어댔다. 그런 친구가 주말에 같이 놀자고 하니 마다할 이유가 없었다. 그런데 도착한 장소는 석의 집이 아닌 모르는 동네의 꽤 큰 교회였다. 웃고 떠들며 석을 따라가느라 몇 번 버스를 어떻게 타고 갔는지도 모르겠다. 지금도 그렇지만 당시에도 무교였던 나는, 교회에 대해 별 인상이 없었다. 교회에서의 시간이 지나면 둘이 놀 수 있을 거라고 생각하면서, 석 옆에 가만히 앉아 있었다.

오래전 일이라 자세히는 기억 안 나지만, 교회는 어째 축제 분위기였다. 나만 빼고 모두가 서로를 아는 들뜬 분위기여서 축제의 잔상만 남아 있는 건지 모르겠지만, 어쨌든 주말이었고 모두가 신나 보였다.

맨 앞에서 회색 정장을 입은 사람이 마이크를 들고 행사를 진행하듯이 분위기를 이끌었다. 몇 차례의 순서가 지나고, 오늘 처음 온 신자들은 모두 앞으로 나오라고 했다. 그때 석이 나를 툭툭 쳤다.

"너 오늘 처음 왔잖아. 너 나오래."

처음 온 건 맞지만, 나는 그 교회를 다닐 생각이 없어서 나가지 않겠다고 했다. 회색 양복을 입은 사람이 나를 쳐다보고 있었고, 딱 보기에 오늘 처음 온 것 같으니 나오라며 나를 불렀다. 사람이 이렇게나 많은데, 처음 온 사람을 한눈에 알아본다니. 믿을 수 없는 일이었지만, 모두가 나를 쳐다보고 있었기에 시선에 이끌려 앞으로 나갔다.

나와 함께 열 명 정도가 서 있었다. 모두 쭈뼛쭈뼛했지만 나만 내가 왜 여기에 있는지 모르는 듯했다. 그때 처음 겪었다. 이렇게 많은 사람이 한마음 한뜻으로 나를 바라보며 웃어 보일 수가 있구나. 그 웃음 앞에서 내 어깨는 점점 쪼그라들었고, 검은 눈동자를 같은 위치에 둔 채로 고개는 점점 떨구어졌다. 회색 양복을 입은 사람이 한 사람 한 사람 가까이 다가가 짧은 인사를 나누며 이 교회에 다니게 된 소감을 물었다. 나는 석을 쳐다보면서 '나는 아니잖아'의 의미로 손을 저었는데, 석은 주변 사람들과 같은 웃음을 지으며 나에게 '안녕! 환영해!'의 의미로 손을 흔들고 있었다.

믿을 수 없는 일이 곧 일어났다. 내 차례가 되자 회색 양복 입은 사람은 점점 가까이 다가왔고, 환영의 의미를 담은 건지 내 등을 쓰다듬듯 툭툭 치기 시작했다. 입 가까이로 마이크가 다가오자 몸이 바들바들 떨렸다. 이마에는 이미 진작부터 땀이 흘러내리고 있었고, 쓰고 있던 안경이 자꾸만 미끄러져 내려왔다. 말을 잇지 못하고 떨리는 손으로 안경을 올리고 있는데, 갑자기 무슨 힘이 생겼는지 그만 안경이 반으로 뚝 하고 부러졌다. 미간을 사이에 두고 두 동강으로 쪼개지면서 내 두 손에 안착한 두 개의, 아니 하나의 안경. 나도 놀라고, 회색 양복 사람

나의 복숭아

도, 웃고 있던 사람들도, 석도 놀랐다.

"아아, 왜 이러지…… 정말 죄송합니다……."

한 손으로 자신의 안경을 조각낸 고등학생. 바들거리는 몸과 안경을 챙겨서 그곳을 빠져나왔다. 두 손으로 안경을 잡은 채로 걸어 나오는데 모두의 시선을 떨쳐내 버리고 싶어 미칠 것 같았다. 석을 바라보며 집에 가겠다는 인사를 건네고 교회에서 빠르게 벗어났다. 이 기억은 교회를 빠져나와 아무 버스나 잡아탔던 장면에서 끝나 있다.

감당하기 힘든 긴장을 만나 흘렸던 땀은, 아마 그때부터 줄기차게 흐르기로 작정한 게 아닐까. 어쩌면 인간은 한계치를 넘어서는 괴로운 긴장을 만나면, 어떻게든 자신을 구하려 드는 게 아닐까 하고 나는 그날을 종종 떠올린다. 그렇게 생각하지 않으면, 튼튼했던 내 안경이 왜 갑자기 두 동강이 났는지 도무지 설명할 길이 없다. 땀 분비는 자율신경에 의해 조절되는데, 긴장을 하게 되면 교감신경이 흥분되면서 분비량이 증가한다고 한다. 내 안에서 어떤 것이 강하게 증가한 건지도 모른다.

이제는 나를 무서운 곳에 내버려두지 않는다. 긴장하

면 안경이 부서진다고 생각하면서 덜 긴장하게끔 마음의 준비를 늘 해둔다. 믿기 어려울 만큼 자주 긴장을 하고 자주 땀을 흘리기에 그 준비는 하루의 곳곳에 자리해 있다. 집에 갈 때도 어떤 골목으로 갈지를 계산한다. 더 기분 좋은 골목이 있을 거라고 생각하는 건, 어쩌면 최악의 일을 만날지도 모른다는 마음과 닿아 있기도 하다. 지하철에 오를 때도 늘 어떤 칸에 타는 게 가장 좋을지를 생각하고, 왠지 기운이 안 내킨다 싶은 약속이 있걸랑 조정한다.

긴장은 나로 하여금 너무 많은 생각을 하게 만드는데, 이 생각들이 나의 정서나 하루의 정세를 미리 지켜주며 나를 성실한 사람이 되도록 만들어주었다고 생각하면 웃음이 난다.

요즘 나는 우체국에 가기 전에 온갖 준비를 마친다. 너무나 다행히도 집을 이사하면서 우체국과의 거리는 도보로 1분도 채 되지 않고, 동네의 아주 작은 우체국이라 대체로 한가하다. 작업실로 출근하거나 빵집에 가면서 가볍게 들를 수 있으니 스트레스가 조금 덜어졌다. 주소는 미리 적어 가고, 될 수 있으면 우체국에서는 테이프를 붙이는 정도의 일만 하도록 한다. 번호표는 도착하자마자 뽑고, 숨을 들이쉬고 내쉬면서 안정을 취한다. 그렇다고 해서 우체국 업무가 쉬워진 건 아니다. 땀은 여전히 나고, 내 순서를 기다리는 내내 땀을 닦는다. 하지만 잘 해낸다.

이런 내 모습을 나는 종종 무시한다. 주변 사람들에게 쉽게 약속하는 것이다. 편지나 선물을 받으면 곧장 "나도 답장할게!" 외치고서 몇 주 혹은 몇 달 뒤에 겨우 우체국에 가곤 한다. 그러면서도 좋아하는 사람에게 "새해 선물 보낼게요" 하고 말할 때면, 스스로에게 놀라곤 한다. 속으로 '얘가 또 왜 이래. 가만히 있어. 우체국에 가야 한다고. 우체국에!' 하면서도, '얘 지금 진심인가봐. 우체국에 가는 걸 뛰어넘나봐' 하며 내 진심을 확인하곤 한다. 나의 진심엔 언제나 긴장의 땀이 샌드위치처럼 끼워져 있다.

연초에 일본에 사는 친구들에게 내가 만든 일력을 보내주겠다고 떵떵거렸는데 결국 2월이 되고 나서야 보냈다. 미안하고 또 내가 싫었다. 급하고 바쁜 일을 하며 겨우 지내느라 우체국에 갈 마음을 좀처럼 먹지 못했다.

좋지만 싫다

이 글을 쓰면서도, 이런 이야기를 안고 사는 내가 참 부끄럽다. 기왕 이렇게 된 거 더 부끄러운 이야길 하자면, 한 번도 우체국 EMS를 보내본 적이 없어서 동거인과 같이 가서 처리했다. 그때도 우체국에서 땀이 너무나 많이 났다. 동거인과 우체국 직원분이 다 알아서 해줬는데도 말이다. 이제 한 번 해봤으니 다음에는 조금 더 잘할 수 있을 것 같다.

어떤 일은 분명하게 처리하면서도, 그 뒤통수에는 보내지 못한 것들이 달려 있다. 삶이 앞뒤로 무겁고, 옆으로는 가벼웠으면 싶다. 늘 내가 정한 것들 앞에서 쩔쩔매다가, 그런 나를 내가 가엾이 여겨 우쭈쭈 하며 내일로 미뤄주고, 결국 나중의 내가 그 일을 괴롭게 마무리한다.

비단 우체국 업무만이 아니다. 대체로 성실하다는 말을 듣는 나지만, 미루고 싶은 게 있으면 될 수 있는 대로 미루면서 나를 내버려두는 면이 나에게는 더 진하게 자리해 있다. 하지만 성실하다는 말을 들었던 데는, 그랬던 내가 있었겠지.

내 이야기로 만든 단 한 권의 책에 이 장면은 꼭 넣고 싶다. 내가 원했던 생활에 어느 정도 가까워져서 겉으로는 꽤 여유로워 보이지만, 그 안으로 들어가면 지난 내 약속들에 매일 혼이 나며 책상 앞에서 괴로워하는 장면 말이다. 그러면서도 오전에 한가로이 내린 커피 한 잔이 느긋하게 놓여 있다면 완벽하겠다.

누구에게든 말하기 부끄러운 면이 있지 않을까. 나는 그 모습을 이해하려 들지도, 또 나와 다르다고 갸우뚱거리고 싶지도 않다.

긴장이라는 감정을 매일 달고 살며 무리하지 않아야 나를 지킬 수 있다는 것을 느낀다. 이런 면은 나의 단점일까. 그냥 내 여러 모습 중에 자주 튀어나오는 내가 아닐까. 단점을 분명히 알고 지내면 더 나은 나를 만들 수 있을지 모르지만, 나를 괴롭히는 순간이 무엇인지, 내가 나를 모자라다 느끼는 때가 언제인지를 알고 지내는 게 나에게는 더 중요하다.

어른이 되어 나로 시작해도 되는 삶을 만났을 때 내가 나에게 가장 먼저 해준 일은, 그것들을 피해서 나를 가장 푹신한 곳에 앉히는 일이었다. 괴롭다고 느끼는 것들

좋지만 싫다

이 무엇인지 알아두기 시작했다. 그렇기에 완전하게 안전하다 느끼는 곳이 분명해진다. 긴장할 만한 장소를 피하다 보니 집에서의 생활이 자연스럽게 점점 더 단단해지고 있다. 일상적으로 단단해져야만 밖에서 에너지가 닳더라도 무사히 집으로 돌아올 만큼 버틸 수가 있다.

매일 산책을 하면서 산다. 나의 개 키키와 하루에 두 번, 많으면 세 번, 동네를 걸으며 나 또한 마음을 환기한다. 그렇지만 산책을 마냥 즐길 수는 없다. 산책을 나서기 전, 문 앞에서 언제나 이를 꽉 깨문 채로 입을 다물고 주먹을 쥐듯 마음을 먹는다. 둥글둥글한 동네 여자와 작은 개는 함께 다니는 것만으로도 동네의 마이크가 된다. 누구든 쉽게 나에게 다가와 말을 건다. 이런 일이 반복되면서 산책은 운이 좋으면 환기, 운이 나쁘면 싸움이 되는 일이 잦았다.

나와 키키에게 욕을 하던 사람들과는 늘 싸웠다. 서둘러 자리를 피하면서도 할 말은 꼭 했다. 이 구역의 미친 자가 되어볼까 하며, 얼마나 소리를 질렀는지 모른다. 산책길에 불쾌한 일을 겪었다는 말을 할 때면 나를 나만큼 잘 아는 두 사람, 지금의 동거인과 엄마는 늘 이렇게 말한다.

"또 싸운 건 아니지?"

"아니, 내가 무슨 싸움꾼이요?" 하며 웃다 보면 불쾌했던 긴장감이 조금 누그러진다.

아침에 빵과 커피를 마시며 조용한 시간을 갖고 나를 안온하게 내버려두는 내가 있는 나의 세상에는, 긴장 속에서 얼른 나를 구해주기 위해 이를 꽉 다물고 미리 긴장하는 내가 있고, 괴로운 상황에서 소리를 지르는 내가 있고, 또 우체국 업무 하나에 벌벌 떨며 울고 싶어하는 내가 있다. 이 글을 쓰는 지금도 떠오르는 여럿의 나를 마주하며 어디에도 말하기 싫었던 나를 기꺼이 꺼내본다. 여럿의 나를 사용할 줄 알고 싶다.

쉽게 긴장하는 나를 위해, 가장 안전한 시간들을 자주 선사하고 싶어졌다.

며칠 전에 아침을 준비하며 늘 하던 대로 똑같이 식빵을 잘랐다. 식빵을 가만히 들여다보다가 거실로 가 카메라를 들고 와서 무표정으로 사진을 찍었다. 빵집에서 서비스로 준 큐브 식빵이었다. 그날따라 식빵 단면을 평소보다 조금 오래 쳐다보았다. 이럴 때 모처럼 기운을 느낀다. 긴장하는 나와 가장 많이 떨어져 있는 나다.

디지털카메라로 사진을 찍는 일은 점점 멀어져만 간다. 남겨두면 좋은데, 모든 일에는 내가 필요하다. '우와……' 하면서 매일 느낀다. '우와…… 어제보다 더 귀찮아져, 모든 게.'

이렇게 느껴지는 와중에 두 번 생각 안 하고 곧장 일어나게 되는 일도 분명히 있다. '지금 이 순간을 즐기려는' 내가 일어나는 순간이다. 걸러지고 있는 것이다, 분명하게 마음이 가는 것들이. 관계에는 이 거름망이 진작 있었고, 나를 괴롭히는 순간들도 활발하게 거르고 있다. 이제는 내 일상으로 조준되고 있다. 그날의 나는 말했다.

"한번 해볼게요."

긴장의 땀을 흘리던 나에게 아주 좋은 것들을 더 분명하게 보여주기로 했다. 어쩌면 덜 긴장하도록 만드는 근육이 될지도 모르니까. 요래조래한 내가 놓인 지금의 이모저모가 요리조리 단단해지고 있다. 나의 말랑말랑한 부분은 매일 더 이들이들하게 부드러워지면서.

나의 복숭아

영해영역 7등급

이두루

이두루

경 읽기와 책 구경을 취미 삼았다가 그만 출판편집자가 되었다. 현실 이슈를 다룬 텍스트가 여성의 삶에 즉각적으로 개입하는 힘을 믿는다. 페미니즘 출판사 봄알람을 운영하며 베스트셀러 『우리에겐 언어가 필요하다』 『김지은입니다』 등을 펴냈다.

어려서부터 달리기 빠를 것 같다는 말을 많이 들었다. 어째서 그리 보였는지는 모르겠다. 얼마든지 빠르고 싶 기야 싶었지만 나는 발이 느렸다. 고작 열 살 나이에 "아 니 나 느린데……" 말하기가 지겹고 울적해져 "최고 등 수는 3등인데 그때 세 명이 달렸어" 같은 식의 변형 답 변 수단을 갖췄을 정도로 유구한 꼴찌였다. 한편으로는 이토록 가벼운데 속도가 나지 않는 몸이 스스로도 믿기 지 않아 체력장 때마다 최선을 다하기도 했는데, 초등학 교 6학년 때 학년에서 최하위 기록을 얻고도 포기하지 못했다. 때 되면 운동장에 불러 세워 기록을 재주던 학 교를 떠나 나의 속도를 숫자로 측정당할 일이 더는 없게 될 때까지 말이다.

학교를 다니면 내가 남들보다 뭘 더 잘하고 못하는지 일찍부터 알게 된다. 특히 온갖 대회가 열리는 초등학교 때 얻은 별 쓸데없는 순위들을 기억하는데 앞서 말한 100미터 달리기 학년 꼴등도 있고 한글 타자 대회 1등 같은 것도 있다. 이렇게까지 줄 세우지 않더라도 자라면서 나의 능력치에 대한 자잘한 객관화를 축적하게 되었는데, 한 가지 기능에 대해서만은 아주 오랫동안 그럴 기회를 얻지 못했었다. 바로 '영상 독해 능력'(이하 '영해력')이다.

영해력이 뭔데요

영해력이라는 게 대체 무엇인가? 화면이 보이면 보는 것 아닌가? 그러나 마치 똑같이 글자를 읽어도 문해력 레벨은 사람마다 다른 것처럼 영상물이 전하는 정보를 읽어내는 능력도 각기 다르다. 촬영 기법 같은 기술적 지식 얘기가 아니라 말 그대로 영상을 이해하는 능력치

이야기다. 이 능력은 100미터 달리기처럼 끈질기게 측정해주는 곳이 없었기 때문에 내가 이걸 잘한다 못한다 알게 되는 데는 별도의 계기가 필요했다.

대학에 간 뒤 과외를 여러 개씩 꾸준히 했다. 그중 가장 오래 만난 두 명과는 이런저런 잡담을 양분 삼아, 주고받은 돈이나 가르침 이상으로 친해졌는데 어느 하루는 내가 가르침을 받을 기회가 있었다. 주말 저녁 과외였고 친애하는 나의 학생은 친구들과 영화를 보고 온 참이었다. 매우 재미있었는지 "(그 영화) 볼 거예요? 안 볼거죠?" 하고 드릉드릉하더니 스포일러를 포함해 기승전결을 전해주기 시작했다. 그가 영화 얘기를 좌충우돌 이어가는 것을 듣는 동안 나는 추임새를 넣고 눈알도 키웠다 줄였다 하며 열심히 표정을 바꿨지만 머릿속에선 '음, 영화 내용을 자기 언어로 줄거리화해 전달하지 못하는구나' 같은 서늘한 제3의 판단이 흘러가고 있었다. 그런데 도중에 '어라?' 싶었던 것이다. 도저히 개요를 파악할 수 없는 설명 가운데도 장면 묘사가 상당히 세세했으며, 아마 영화의 흐름상 대사와 설정이 중요했을 전반부에 비해 액션으로 전개되는 뒤쪽은 훨씬 잘 소화하고

영해영역 7등급

즐겼다는 것 그리고 나는 저 후반부를 저런 식으로 기억해 장면으로 저장하지 못했을 것임을 알았다.

'나는 저 영화를 저렇게 보지 못했겠다'는 깨달음이 있고 나자 그 전후의 경험들이 우르르 불려 나왔다. 수능 끝난 후 반에서 다 같이 영화 볼 때 화면으로 계속 암시해줘서 다들 진작에 파악한 반전을 뒤늦게 안 일이나 클라이맥스에서 대사 없이 흘러갔을 뿐 버젓이 나온 해결 장면을 놓쳤던 것 등등……. 평균을 놓고 비교를 통해 어떤 능력치를 재는 일은 수능이 끝난 뒤로는 그다지 하지 않았지만 이때만큼은 침착하게 새로 인지한 사실을 객관화해보았다. 전 국민 영해력 영역 등급을 매기면 나는 7등급쯤이려나, 하고.

왜 7등급인가? 물론 내 영해력이 진정 어느 수준인지는 결코 정확히 알 수 없는 문제다. 다만 동시대인들과 비교해 명백히 영상을 즐기지 않으며 실제로 포착이 둔한 편이지만 또 아예 '영포자'(수학 과목을 완전히 포기한 이들을 가리키는 말 '수포자'에서 착안)는 아니라는 점에서 겸손하게 매겨본 등급이다. 7등급은 상위부터 누적 비율 78~89퍼센트로 전체의 12퍼센트를 차지한다. 백 명 중 대충 팔십몇 등. 경험에 비추어 매우 납득되며 마음이 편해지는 숫자다. 그렇다면 나는 언제부터, 어째서 영해력 7등급의 인간이 되었는가? 이게 동체 시력의 문제인지 뭔지 정확한 메커니즘은 모르겠지만 일단 원인을 크게 두 가지로 추론해보았다.

왜 못 보는가? 가설 1: 많이 봐야 잘 본다

첫째. 글을 많이 읽으면 독해력 상승으로 이어지는 것처럼 영상을 '많이 보는' 문제와 아무래도 떼어놓을 수 없으리라 생각한다. 일단 난 텔레비전과 소원했다. 초등학교 때였나, "뭐야 왜 TV 없어?"라고 집에 놀러 온 친구가 거실에 들어서자마자 말하는 걸 듣고 나서야 '보통집'의 거실에는 한쪽에 소파, 반대편에 TV가 있다는 것을 알게 되었다. 마침 두 동씩 차곡차곡 열을 맞춘 아파트 단지에 살고 있어 해가 진 뒤 베란다를 내다보니 과연 그 수많은 거실에 화면이 와글와글 껌뻑이고 있는 것을 확인할 수 있었다. 물론 우리 집에도 양친 방에 텔레비전이 있긴 있었지만 그건 기본적으로 꺼져 있는 물건이었다. 종이 신문에 인쇄되어 나온 'TV 편성표'를 참조해 사전에 점찍어둔 특정 시청 대상물을 겨냥하여 일부러 그 방에 들어가 켜지 않는 한은 말이다. 또한 텔레비전이란 해당 프로그램이 끝나면 곧장 꺼지는 것이니, 프로그램 앞은 그렇다 쳐도 뒤에 송출되는 광고는 대체 무슨 의미인가를 어린 날에 의아해하기도 했다.

흔히 어린이들에게 텔레비전을 많이 보면 바보가 된다, 책을 많이 읽어야 한다……라고 지도한다. 텔레비전은 재미있지만 유해하며 책은 재미없더라도 유익하다는 관념은 꽤 뿌리깊다. 물론 책의 유익함에는 무척 동의하며, 텔레비전 연속 시청이라는 수동적 상태가 어린이의 사고력과 비판 능력에 부정적 영향을 줄 수 있으리라고도 짐작한다. 다만 내 낮은 영해력의 원인 탐구라는 맥락에서 짚어보고 싶은 것은, 비난받는 이상으로 절대적 사랑을 널리 받아온 텔레비전의 존재가 동시대 한국인들의 영해력 향상에 크게 기여했으리라는 점이다.

유튜브와 넷플릭스 시대로 함께 넘어온 동년배들이

문제없이 적응하여 해당 콘텐츠를 즐기는 가운데 나만
은 그렇지 못한 것도 추론에 힘을 실어준다. 맛을 아는
사람이 맛있는 음식 찾기도 잘하듯 영상도 잘 보는 사람
이라야 재밌는 걸 찾아 즐길 줄도 알 것이다. 나는 유튜
브 프리미엄은커녕 왓챠나 넷플릭스도 추천받아 결제했
다가 영 보게 되지 않아서 모두 끊었다. 그냥 영상을 안
즐기는 사람이라 할 수도 있겠지만 막상 누군가가 뭘 같
이 보자고 하면 잘 본다. 좋은 것을 발견만 한다면 몇몇
영화와 드라마는 반복해 보기도 한다. 그러니 못 보는
놈이 볼만한 걸 못 찾고 그리하여 못 즐긴다는 개념에
가까운지도 모르겠다.

　많이 안 봐버릇하다 보니 영해력이 낮고 그리하여 스
스로 영상을 즐기지 못한다. 그리고 그것은 텔레비전을
안 보고 커서 그렇다……라는 이상의 허술한 추론은 꽤
평범한 한국인의 성장-교육 환경을 거친 내게 평균치보
다 극히 부재한 경험은 텔레비전 시청 정도라는 데서 착
안했다.

왜 못 보는가? 가설 2: 발달 총량 보존의 법칙

둘째. 영해력 7등급의 또 다른 유력한 원인으로 '언어 과 잉'을 꼽아본다. 움직이는 화면을 주어진 속도에 맞춰 매끄럽게 따라가기에는 뇌 속에 말이라는 추상이 상시 너무 왕성한 것이다. 기본적으로 언어를 기준으로 뇌가 움직인다는 느낌이고, 영상을 시청하면 '시/청' 가운데 '청' 즉 화면을 보는 눈보다는 대사를 듣는 귀가 시청 행위의 키를 쥐는 경우가 많다. 이 추론에서는 언어 쪽에 치우친 뇌의 기능이 시각 정보 처리를 방해한다는 점을 가정한다.

이렇게 가설을 세우고 보니 떠오른 것인데, 나는 텔레비전은 거의 안 보고 자랐지만 어느 특정 시기에 영화는 엄청나게 많이 봤다. 가족끼리 비디오를 빌려서 종종 함께 보던 것을 제외하더라도 고등학교 3년 동안 천안시 중앙도서관 시청각실에서 혼자 본 영화만 백수십 편은 될 것이다. 특히 방학 때는 열람실 여는 시간에 맞춰 도서관에 출근해 구석 자리를 맡아놓고는 멀티미디어실에 올라가 하루도 빠짐없이 한 편씩 봤다. 이쯤 되면 영상 바보는커녕 영화광이었던 것 같은데 내 7등급은 대체 어떻게 된 일이란 말인가?

여기서 다시 문자가 시각에 우선한다는 가정을 불러와본다. 일단 나는 아무도 시키지 않은 영화 보기를 혼자서 그렇게나 하면서도 스스로 영화를 좋아한다고 생각해본 적이 없다. 취미 칸에 '영화 보기'를 적은 일도 없다. 도서관에 쌓인 그 영상 자료를 해치우는 일은 내게 영화 잡지를 이해하기 위한 '나머지 공부' 같은 거였다. 열대여섯 살을 기점으로 오만 책을 스스로 빌려다 읽으며 견문 넓히는 재미에 빠진 참이던 내게 『씨네21』 『무비위크』 같은 잡지는 읽은 것만으로는 제대로 이해할 수 없는 문건이었다. 평론과 리뷰를 제대로 따라가려면 언급되는 영화도 어느 정도 알아야 하니 말이다. 특히 자주 거론되는 감독의 작품이나 소위 '고전 명작'을 보는 건 잡지가 논하고 평하는 세계의 언어에서 성원권을 얻기 위해 꼭 필요한 일이었다. 뚝심이 어찌나 미쳤던지 그렇게 혼자 섭렵한 영화에 관해 누구에게 말하는 일도, 감상을 떠드는 일도 없이 죽인 자의 명단을 묵묵히 잇듯이 혼자만의 목록을 늘려갔다.

학교에서 영화를 많이 아는 애로 통했던 것은 순전히 '쟤한테 영화 잡지 많다'는 소문이 나서였다. 다른 반에서도 빌리러 왔다. 그만큼 자습실에서 가능한 최선의 오락을 다들 찾아 헤매던 시기였다. 200여 명이 빽빽이 앉는 자습실에 간식 대신 영화 잡지를 반입해 세상에서 가장 맛있는 것인 듯 핥아먹던 고등학생은 대학에 간 뒤 재밌는 게 많아지면서 잡지를 점차 끊었고, 영화도 급격히 덜 보게 됐다. 그래도 화제의 영화는 챙겨 봐야 한다는 의무감은 떨치지 못하다가 「2012」를 본 뒤 솟구친 짜증이 터져버려 극장에도 발길을 끊었다.

고등학교 시절 사람이 그렇게나 오가고 칸칸이 다닥다닥 붙어 있던 시립도서관 시청각실에서 일단 시작한 영화는 그게 무엇이든 불평 없이 끝까지 봤다는 건 지금은 상상도 할 수 없는 일이다. '저는 영화의 세계에 관해 아는 것이 없으니 일단 많이 보겠습니다. 잘 부탁드립니다' 하는 갸륵한 태도로 일단 기성의 것을 무비판적으로 쓸어 담았다. 당시 그렇게 본 영화들에서 어떤 장면이 좋았다는 감각은 별로 없고 주로 감독과 배우, 줄거리를 기억해두었다는 점이 정말로 영화 잡지 읽으려고 영화

본 애 같아 헛웃음이 나온다.

　가설로 돌아간다. 이런 방식으로 영상물을 섭취한 경험이 영해력 발달에 방해가 되지는 않았을까? 영상을 그 자체로 보는 것이 아니라 영상이 언어로 번역된 세계를 더 가깝게 여긴 채 시청 경험을 쌓았으니 말이다. 언어에 치우친 뇌 때문에 영해력이 떨어진 것인지 아니면 영해력이 낮아서 언어에 치우친 뇌가 만들어진 것인지, 어느 게 먼저인지는 몰라도 점점 생각만 많아지고 점점 영상은 더 못 보겠는 현재를 보면 악화일로의 순환고리인 듯하다.

반反영상적 인간

다섯 살 때부터 십수 년간 달리기 꼴찌를 하면서도 오랫동안 빨리 뛰고 싶은 욕심을 내려놓지 못한 것과 달리, 영해력에 대해서는 포기가 빨랐다. 장면의 배경 간판에 쓰인 한자나 읽다가 인물들이 뭘 하는지 놓치는 인간이 나쁜은 아닐 것이고 중요한 걸 놓친 것 같으면 되감으면 되지 않는가?

다만 포기와는 별개로, 잘하는 일은 친근하고 편하니 반복하게 되듯 못하는 일은 끝끝내 낯설기에 멀리하게 된다. 그리하여 살면서 내가 쭉 멀리한 것은 텔레비전뿐 아니라 영상물 전반이고, 이는 분명 변화하는 시대에 촉망되는 성향은 아니다. 말과 글을 가까이 여기던 사람이 자라 출판업자가 된 결과에는 모순이 없으나 세상은 점점 글을 뒤로하는 방향으로 변화하는 듯하다. 사람들은 점점 더 읽는 대신 본다.

나는 그와 반대로 진화했다. 평론을 읽기 위해 영화를 보았듯, 갈수록 대부분의 것을 언어로 습득하기를 좋아했다. 더 어렸을 땐 그림과 음악과 영상도 편견 없이 열심히 기웃거렸으나 서서히 극장, 전시회, 콘서트 가기를 그만두고 서점, 도서관, 강독회로 발길을 정했다. 고등학교 때까지만 해도 다이어리에 기록하던 '문화 섭취량' 페이지에 매체 유형별로 골고루 목록이 쌓였던 것 같은데 언제부터인가 편식이 심해진 것이다.

말이라는 추상은 기술과 자본 없이도 무한하기 짝이 없다. 무형의 무한을 존재 가능하도록 만드는 언어라는 도구는 단말기도 충전기도 필요 없는 필승의 오락이다. 이러한 심취가 가장 깊어진 이십대 초중반에는 신학과, 철학과, 사학과 강의를 들으며 사상사와 각종 경전을 팠다. 소위 '돈이 되지 않는' 탐구에 돈과 시간을 쏟아붓는 것이야말로 취미의 정의일 테고 나는 그걸 대학에서 한 셈이다. 계시를 대하는 종교학자들의 관점을 찾아 읽거나 신정론 같은 주제로 갑론을박하는 것만큼 유용하지 못한 짓도 없을 것이다. 필생의 지식으로 극단의 추상을 논증하는 연구는 학자들에게는 생업이지만 그걸 읽는 내게는 완전히 유흥이다. 그런 책은 얼마를 읽어도 친구와 노는 자리에서 화제 삼을 일도 없고 그 지식으로 벌어먹고 살 것도 아니다. 그 감각이 좋았다. 그냥 혼자 머리를 쥐어뜯어가며 『정신현상학』 따위를 읽고 이해한 대로 정리해보고 까닭 없이 끌리는 부분을 베껴 쓰면서 놀았다. 30분 동안 겨우 두세 페이지를 읽는 그런 독서가 재밌었던 것은 터무니없이 형이상학적인 내용이 문자와 문장이라는 형태를 얻어 책이라는 물건에 쓰이고, 그것이 읽혀 내 머릿속에서 다시 이런저런 추상이 되는 것이 경이로웠기 때문이다. 다른 게 마술이겠는가?

  그렇게 읽어치운 책과 지식들은 이제 내 머리에 전혀 남아 있지 않다. 책이 직업이 된 뒤에는 이전처럼 취미로 글을 대하지 못하게 되었고 책과 나의 관계도 완전히 달라졌다. 그러나 책 만드는 일을 10년쯤 하면서 느끼기로는, 지난날 즐겼던 읽기 놀이가 분명 내게 심어놓은 기능이 있다. 출판편집자로서 책의 형태를 구상하고 구상을 저자와 나누고 원고를 다듬고 배치하고 적절한 제목과 소개 글과 광고 문안을 쓰는 과정은 매 순간이 목적과 추상을 언어화하는 일이다. 밥벌이에만은 결코 도움 될 일 없으리라 여긴 책들이 뜻밖에도 힘을 보태주고 있는 것이다. 온갖 글에 제멋대로의 애정을 주는 취미에 빠진 동안 나는 영상과 더욱 멀어지고 곧잘 그리던 그림도 전혀 못 그리게 되었지만 잃기만 한 것은 아닌 모양이다. 흘러가는 의식을 포착해 목적에 부합하는 언어를 입히는 능력은 내 일에 분명 중요한 자산이다.

나의 복숭아

영상 시대의 출판업자

성향에 부합하는 직업을 얻은 것까지는 좋다 치더라도 미래는 또 다른 문제다. 몇몇 편집자 동료와 함께하는 대화방에는 '전직해야 되는데' 하는 말이 마치 '술 끊어야 하는데' '운동해야 하는데'처럼 주기적으로 출현한다. 내가 기억하는 가장 옛날부터 이미 사양산업으로 분류되었던 출판계에서 굴하지 않고 전문가로 진화해온 우리지만, '책이 안 팔린다'를 넘어서 사람들이 글을 안 읽는 시절이 되어가니 위기감이 깊어질 수밖에 없는 것이다. "그래서 요즘 코딩을 배운다"면서 기초 코딩 책을 샀다는 편집자에게 모두 혀를 찼다. 뭐 배우기 시작할 때 관련 책부터 사는 게 너무 편집자 같다, 우린 이래서 안 된다, 평생 책이나 보다 죽겠지 등등…… 물론 이는 모두 내 얘기인데, 최근에는 코바늘 뜨기 입문서를 샀다. 코바늘 기초를 잘 알려주는 유튜브 영상이 많다고 해서 이미 시도해보았으나 내 영혼에 맞지 않았다. 영상이 나쁜 게 아니라 화면과 나를 오가는 일이 내게는 영 편한 학습 방법이 아니었다. 각종 전문

영해영역 7등급

가가 귀한 정보를 일목요연하게 알려준다는 다른 분야 영상들도 마찬가지다. 뭘 배워보자고 도전했다가도 지속이 어렵다. 원하는 정보를 내가 제때 솎아낼 수 없는 채로 흘러가는 화면을 손 놓고 바라봐야 하는 처지가 답답한 것이다. 뭐든 영상으로 배우는 게 이미 편한 이들이 책에 대해 느끼는 거리감도 이만한 것일까 상상하면 정말이지 책을 만들어 팔고 있을 때가 아니다. (그래도 만들 거지만.)

아무튼 차세대 지식의 출처는 책이 아닐 것이며 사람들은 점점 더 읽지 않을 것이고 글조차 영상으로 틀어놓고 누가 읽어주는 것을 들을 것이라는, 혹은 이미 그러하다는 이야기들을 보면서 아주 오래전의 결정을 다시 돌이켜본다. 텔레비전을 등한시하고 각종 문자에 탐닉하던 어린 나는 2021년이 이런 모습일 줄 알았다면 다른 투자를 했을까?

회의적이다. 일단 나는 당시 언어를 늘려서 가정 안에서 내 존엄을 사수했다. 국어 교사인 양친과 활자 중독에 속독가로서 뭐든 많이, 빨리 읽어 똘똘하기가 이를 데 없던 손위 형제를 둔 나는 집에서 발언권이 무척

약했다. 어리석은 소리는 물론이고 유려하지 못한 말은 들어주지 않는 집이었던 것이다. 중학교 졸업식 때 2학년 대표가 송사를 읽으면 이어 답사를 읽는 졸업생 역할을 맡았는데, 답사 초안을 작성해 부친께 보여드렸을 때 그는 비난 없는 어조로 "아니, 어떻게 이렇게밖에 못 쓰지" 하고 당황스러워했다. 많이 읽게 되고 의견을 갖게 되고 마침내 주장을 빚는 법을 알게 된 뒤에야 나는 가족 간 대화에서 1인분의 자리를 차지할 수 있게 되었다. 열여덟 즈음 모친과 언성 높여 싸우던 끝에 그가 "넌 변호사 해라. 말을 너무 잘하네!" 쏘아붙인 것이나 대학 때 가족들과 대화 중에 내가 뭘 모른다고 하자 "두루가 모른다니 의외네" 했던 것은 어떤 성취로도 볼 수 있다. 가족 중 마지막에 태어난 인간이 비로소 대화에서 인정받는 인격으로 따라잡은 것이다.

물론 같은 집에서 자란 손위 형제의 영해력은 매우 양호하므로 이 때문에 영상 바보가 되었다는 건 다 핑계다. 다만 멀티태스킹이 안 되는 인간이 어느 한쪽에 집중할 사연이 있어 다른 쪽 뇌는 발달하지 못했다고 하면 그럴듯하지 않은지……. 그럴듯하지 않아도 별수 없다. 그저 영상 보기에 지금만큼 무능한 데는 그럴 만한 이유가 있었으니 그 결과가 장차 생계에 별로 긍정적이지 않다고 해서 후회할 일은 아니라고 스스로 다독여본다.

방대한 영상 콘텐츠의 시대다. 부족한 능력을 비관하며 외면하기에는 피할 수 없는 싸움이다. 글자를 먹고 자라 책을 만드는 나처럼 디지털 화면을 먹고 자란 이들은 점점 더 영상을 만들리라 생각한다. 문득 책 홍보 영상 콘티를 짜면서 다가올 미래를 잠시 상상해보았다. 이걸 노트에 수기로 짜고 있는 나와 그 미래의 거리는 얼마나 더 멀 것인가. 우선은 낙관적으로 생존해보기로 한다. 나만큼 영상이 편치 않은 7~9등급의 사람들이 세상에 23퍼센트나 있으니까 말이다.

나의 복숭아

과자 이야기

최지은

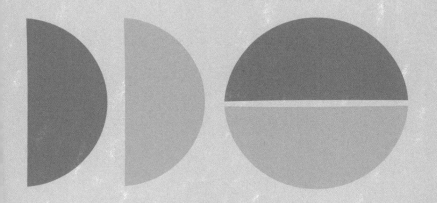

최지은

『매거진 t』『아이즈』 등에서 기자로 일했고 여성과 대중문화에 관한 글을 주로 쓴다. 삶의 기본 상태가 느림과 미룸인 탓에 늘 마음이 바쁘지만, 천천히 계속 쓸 이야기를 찾고 있다. 『괜찮지 않습니다』『엄마는 되지 않기로 했습니다』 등을 썼다.

슈퍼가 없는 동네에 산다는 것은 여섯 살짜리 어린아이에게 너무 가혹한 일이 아니었을까—라고 그곳을 떠난지 아주 오랜 시간이 흐른 지금도 가끔 생각한다. '전원 공업도시 안산에 오신 것을 환영합니다.' 초록색 안내판이 우리를 맞이하던 시 경계를 지나서도 차를 한참 달려야 나오는 반월공단 인근 부지에는 아버지의 직장에서 지은 32가구짜리 다세대주택 한 동이 덩그러니 서 있었다. 자가용이 흔치 않던 시절이라 시장에 가려면 노선이 하나뿐인 버스를 타야 했지만 그나마도 자주 오지 않았다. 대신 일주일에 한 번 "계란~이 왔어요. 싱싱하고 맛있는 계란~이 왔어요"라는 방송과 함께 트럭이 왔고,

과자 이야기

과일과 야채, 생선을 파는 트럭도 가끔 들렀다. 물론 나를 포함한 동네 아이들이 가장 반기는 사람은 역시 야쿠르트 아줌마였다. 운이 좋은 날이면 엄마는 언니와 내게 야쿠르트를 하나씩 사주었다. 우리는 은박지 뚜껑을 벗겨 단숨에 야쿠르트를 마시는 대신 플라스틱 병의 바닥 쪽 둥근 모서리를 앞니로 물어뜯어 조금씩 빨아 먹으며 오래오래 단맛을 즐겼다.

물론 슈퍼가 있었다면 그건 그것대로 슬픈 일이었을 것이다. 수많은 건강식과 민간요법에 통달한 엄마는 설탕과 기름과 밀가루를 극도로 경계하는 분이었고, 그 모든 것을 합쳐놓은 과자는 죄악의 덩어리였으므로 우리 집에 들일 수 없는 물건이었다. 밀가루는 방부제가 많이 들어가 있는 데다 소화가 안 되고, 기름은 살이 찌고, 설탕은 이가 썩으니 안 되었다. (나는 엄마가 언제 마지막으로 튀김을 튀겼는지도 똑똑히 기억하는데, 우리가 서울로 이사 온 1990년 집들이 때였다.) 게다가 개간의 민족답게 우리 가족은 뒷산 자락에 텃밭을 일구어 고추, 참깨, 상추, 오이, 가지, 토마토, 토란, 땅콩, 감자, 고구마, 옥수수를 심었다. 그러니까 내가 집에서 먹을 수 있는 간식은 잘해

나의 복숭아

야 딸기잼을 바른 식빵이었고, 보통은 설탕 뿌린 토마토나 찐 고구마, 호박죽 같은 것이 전부였다. 그중에서 특히 나를 괴롭힌 건 흑임자죽이었다. 진한 회색의 차갑고 걸쭉한 액체는 설탕을 잔뜩 퍼넣어 휘저은 뒤에도 좀처럼 목구멍에서 넘어가질 않았고, 결국 나는 엄마가 외출한 사이 몇 번인가 몰래 죽 그릇을 들고 나가 앞뜰에 붓고 흙으로 덮어버렸다. 속이 후련하면서도 어딘가 찜찜했던 그 기분은 내가 처음으로 느낀 죄책감이었다.

결핍은 강력한 갈망을 부르는 법이다. 나는 간식거리를 찾기 위해 온 집 안을 뒤졌다. 하루에 한 개씩만 먹게 되어 있는 어린이용 비타민 '미니막스'를 몰래 반 줌이나 꺼내 쥐고 먹다가 손바닥에 빨간색과 보라색 물이 드는 바람에 들켜 혼이 난 것은 수치심이라는 감정을 느낀 최초의 기억이다. 우유에 타 마시는 코코아맛 파우더 '마일로' 역시 나에게 허락된 몇 안 되는 단것이었는데, 문제는 내가 그걸 엄마 몰래 밥숟가락으로 푹푹 떠먹곤 했다는 것이다. 어렸을 때 수백 번쯤 읽은『초원의 집』책장 사이사이에는 아직도 내가 먹다 흘린 마일로 가루 때문에 생긴 진갈색 얼룩이 남아 있다. 서부개척시

대의 소녀 로라 잉걸스가 엄마를 도와 빵과 케이크를 굽고, 깨끗한 눈 위에 뜨거운 메이플 시럽을 부어 그 자리에서 먹는 장면마다.

갈색 가루산이 너무 빨리 줄어드는 것을 엄마가 눈치챘기 때문인지 초록색 포장의 마일로 통이 다시 부엌 찬장에 놓이는 날은 오지 않았다. 몇 년 전 베트남 여행을 갔다가 들른 마트에서 오랜만에 마일로를 발견하고 반가운 마음에 몇 봉 사 왔지만 이제는 몰래 먹을 필요가 없어져서일까, 그때처럼 짜릿한 단맛을 느낄 수 없었다.

지금은 독서에 5분도 채 집중하지 못하는 어른이 되었지만 어린 시절의 나는 엄마가 신혼 초에 사들인 서른세 권짜리 '삼성 가정요리 990' 전집부터 아빠가 VCR 뒤에 숨겨둔 시드니 셸던 소설까지 가리지 않고 읽어치우는 아이였다. 내게 좋은 작가와 그렇지 않은 작가의 기준은 분명했다. 음식 이야기를 맛있게 쓰는가 아닌가. 『빨강머리 앤』을 읽을 때도 앤이 길버트 브라이스의 머리통을 석판으로 후려치는 장면보다 더 몰입한 곳은 다이애나가 라즈베리 주스인 줄 알고 먹은 포도주와 앤이 바닐라 대신 진통제를 넣은 케이크가 등장하는 대목이었

나의 복숭아

다.『비밀의 화원』에서는 신선한 우유와 갓 구운 감자가 있는 정원의 만찬이,『작은 백마』에서는 괴짜 요리사 마르마듀크가 준비한 성대한 아침 식사가 제일 중요했다.『말괄량이 쌍둥이』『플롯시는 오늘도 따분해』같은 지경사 소녀소설 시리즈는 크림소다와 레몬 파이, 페퍼민트 초콜릿에 대한 동경을 깊어지게 만들었다.

『작은 아씨들』에서 에이미가 학교에 가져갔다가 난리가 났던 소금절이 라임이 무엇인가와 함께 머릿속을 지배했던 양대 고민은 내가『소공녀』의 주인공 세라라면 굶주린 아이에게 내 빵을 몇 개 나누어줄 것인가였다. 부유하게 자라 기숙학교에 들어간 세라는 유일한 가족이던 아버지가 죽은 뒤 학교에서 허드렛일을 하며 근근이 살아간다. 게다가 포악한 민친 교장은 세라를 구박하는 걸로도 모자라 굶기다시피 하며 부려먹는다. 당시 내가 학교 도서실에서 읽은 문고판『소공녀』에는 길에서 4펜스짜리 동전을 주운 세라가 '단빵' 여섯 개를 사는 장면이 나온다. 그런데 빵집을 나오다 마주친 거지 소녀에게 빵을 하나, 둘, 셋, 결국엔 다섯 개를 나누어준 세라가 배고픔을 참으며 마지막 하나를 아껴 먹는 장면에서 나는 몹시 충격받았다. 정말? 다섯 개나 준다고? 뒤이어 궁금해졌다. 단빵이란 어떤 빵일까. 갓 구워 따끈하다는 표현 외엔 삽화도, 더 이상의 설명도 없었다. 초등학교에 들어간 뒤 나는 간식 값으로 하루에 100원을 받을 수 있었는데, 마침 시내 상가 1층에 있는 조그만 빵집에서는 단팥빵, 소보로빵, 팥도넛을 개당 100원에 팔았다. 나는 갓 튀겨내서 설탕 위에 굴린 팥도넛을 먹을 때마다 이게 그 '단빵'일 거라 상상하며 조금씩 아껴서 입에 넣곤 했다. 그렇게 소공녀 기분을 내고 난 이튿날에는 100원으로 자갈치를, 그 이튿날에는 감자깡을 사 먹었다. 나는 세라처럼 착한 행동을 할 자신이 없으니 눈앞에 빵이나 과자를 나누어줘야 할 누군가가 없다는 사실에 조금은 안도하면서.

*

요즘에도 '입이 궁금하다'라는 말을 많이 쓰는지 모르겠다. 사전을 찾아보니 '배가 출출하여 무엇이 먹고 싶다'라는 의미인데 나는 할머니로부터 이 말을 처음 들었다. 할머니와 할아버지가 우리 집에서 함께 살기 시작한 것은 내가 초등학교에 입학하던 해였다. 전북 부안에서 꽃나무 가득한 정원이 딸린 한옥에 살던 두 분은 할아버지의 사업 실패와 건강 악화로 말년을 장남에게 의탁할 수밖에 없는 처지가 되셨는데 당시 어렸던 내가 그런 사정을 알 리 없었다. 식구가 늘어난 것이 그저 신났을 뿐, "우리 지은이는 할애비 눈칫밥 안 먹일 거지?"라는 할아버지의 말뜻을 이해하게 된 것은 사춘기가 되어서였다.

할아버지는 뇌졸중으로(그때는 다들 '풍이 왔다'고 했는데) 왼쪽 팔과 다리가 불편했다. 무엇을 하든 천-천-히 움직였고 현관 밖을 나서려면 지팡이가 꼭 필요했다. 할아버지가 느릿느릿 몸을 구부려 구두를 신으려 할 때 옆에 서 있다가 구둣주걱을 뒤축에 받쳐 넣거나, 외출에서 돌아오는 할아버지를 맞이하며 지팡이를 들지 않은 쪽 손을 잡아끄는 나를 보며 어른들은 입을 모아 효녀라고 칭찬했다. 그 말을 듣는 게 신나서 한동안 착한 아이 노릇을 했다. '당뇨병'이라는 말을 처음 들은 것도 할아버지 때문이었다. 무슨 뜻인지는 잘 몰랐지만 먹으면 안 되는 게 많다는 얘기 같았다. 하지만 군것질을 좋아하는 것은 친가 내력으로, 늘 '입이 궁금한' 할아버지는 종종 할머니와 어린애처럼 실랑이를 벌였다. 그나마 덜 단 간식으로 준비된 옥수수나 쌀 튀밥을 너무 많이 먹는다는 것이 그 이유였다.

그러나 내가 굶주린 하이에나처럼 군것질거리를 찾아 온 집 안을 헤집고 다니면 할머니는 이내 "우리 강아지가 입이 궁금혀서 그냐?"며 몸을 일으켰다. 부안에서도 소문이 자자할 만큼 요리 솜씨가 좋았던 할머니의 낙은 식구들을 먹이는 일이었다. 할아버지의 당뇨가 아니었다면 우리 집에는 식혜, 매작과, 양갱, 편강 등 할머니가 만든 간식이 떨어질 날이 없었을 것이다. 할머니를 졸라 냉동실 깊숙이 있던 생강엿마저 다 찾아 먹고 나면 나는 빛바랜 금색 글씨로 '(증) 부안 라이온스 클럽'이라고 적힌 안방 문갑 안 약 꾸러미와 반짇고리 사이를 헤집었다. 커피믹스처럼 한 봉씩 포장된 '그린스위트'는 당뇨 환자를 위한 인공감미료 아스파탐이었는데 나는 그 진한 단맛이 나는 흰 가루를 혀 위에 털어 넣고 천천히 녹여 먹기를 좋아했다. 빈 프림 병에 든 '화분'은 노르스름

나의 복숭아

하고 좁쌀만 한 덩어리로 뭉쳐진 꽃가루였는데 꼭꼭 씹어 먹으면 미미하게 단맛이 났다. 운이 좋으면 할아버지에게 허락된 몇 안 되는 간식인 건빵에 딸린 별사탕을 발견하기도 했다. 그마저 없으면 할아버지와 나란히 앉아 호박씨나 해바라기씨를 까 먹었다. 독실한 원불교 신자였던 할머니는 잔소리가 많은 성격은 아니었지만 밥상 앞에서 깨작대는 내게 근심스레 말하곤 했다. "음석(음식) 냄기믄 죄 받어어." 식사를 마치면 밥그릇에 물을 부어 마지막 밥풀까지 싹싹 긁어 먹는 할머니에게 먹을 수 있는 것을 버리는 일만큼 큰 죄는 없었다. 지옥인지 어디인지 사후 세계에서 벌을 받는다고 했다. 그래서 할머니는 입 짧은 손녀가 남긴 밥을 쌀 한 톨 빠짐없이 물에 씻어 채반에 펼쳐 말린 뒤 방앗간에 가져가 '오코시'(튀긴 쌀을 물엿 등으로 굳혀 만든 강정)로 바꿔 오는 마법을 부렸다. 내가 자라면서 어디서든 내 몫으로 나온 밥을 남김없이 먹어치우는 사람이 된 것은 어쩌면 할머니 때문일지도 모르겠다.

두 분은 내가 고등학교에 입학하던 해 돌아가셨다. 평생 살아오던 고향을 떠나 낯선 도시의 공동주택 방 한

칸에 짐을 풀었던 할아버지와 할머니의 마지막 10년이 어땠을지 비로소 돌아볼 수 있게 된 것은 내가 그 시절의 부모님 나이가 다 되어서다. 아직도 가끔, 어느 비 오는 날 할머니가 만들어주었던 과자가 생각난다. 밀가루를 반죽해 손바닥으로 비벼 기다랗게 만든 뒤 손가락만하게 잘라 기름에 튀기고 설탕에 굴리면 끝. 늘 입이 궁금한 손녀를 위해 할머니가 만든 레시피였다.

유년기 이후, 나는 엄마 앞에서 과자를 먹으면 안 된다는 룰을 완벽히 체득했다. 다행히 용돈은 조금씩 늘었고 책가방에 숨겨온 과자를 방에서 몰래 먹었다. 책상에 앉아 있을 땐 문제집을 펼쳐 과자 봉지를 가렸고, 요 위에 배를 깔고 엎드려 누워 있을 땐 이불 주름 사이에 숨겨두고 먹었다. 방문이 언제 열릴지 조마조마해하며 한쪽 귀를 쫑긋 세워 가족들의 발소리를 확인했다. 수년 동안 '그 짓'을 반복하면서 나는 방문이 달칵 열리는 찰나의 순간 부스럭 소리 한 번 내지 않고 봉지를 완벽히 감추는 데 도사가 되었다. 하지만 또 다른 문제가 있었다.

캐럴라인 냅의 에세이 『드링킹』에는 알코올 중독자에

나의 복숭아

게 당혹스러운 술병 처리 문제에 관한 이야기가 나온다. "나는 술병을 커다란 쓰레기봉투에 넣어서 길가에 내놓거나 쓰레기 수거통에 버렸다. 그때마다 술병들이 부딪히며 쨍그랑거리는 소리가 이웃들에게 들킬 것을 염려해 여간 신경 쓴 것이 아니었다. 때로는 2~3주가 지나도록 빈 병을 처리하지 않기도 했다. 그럴 때는 빈 병을 상자에 담아 싱크대 아래 찬장에 넣어두었는데, 찬장이 꽉 차면 밤중에 두 보따리의 무거운 쓰레기봉투를 끌고 아파트 밖으로 나와야 했다."(캐럴라인 냅, 『드링킹』, 고정아 옮김, 나무처럼, 2008, 150쪽)

술이라곤 입에 대지도 않았지만 나는 이 대목에 깊이 공감했다. 과자를 먹은 뒤 나오는 쓰레기 때문이었다. 스낵은 빈 봉지를 딱지처럼 접어서 모았다가 쓰레기통에 넣은 뒤 다른 쓰레기로 덮으면 대충 넘어갈 수 있었지만 종이 상자에 든 쿠키류는 조금 더 번거로웠다. 그 중에서도 종이 상자 안에 비닐 포장된 플라스틱 트레이가 들어 있는 버터링이 가장 골치 아팠다. 상자는 신문지 틈 사이에 끼워 버리고, 비닐은 어떻게든 작게 구겨 뭉칠 수 있지만, 연노란색 플라스틱 트레이는 부피가 크고 너무 눈에 띄어 엄마에게 들키지 않을 방도가 없었다. 결국 처리가 귀찮았던 어느 날, 나는 과자 쓰레기를 모아두던 스포츠 가방에 빈 버터링 상자를 쑤셔넣은 채 까맣게 잊어버렸다. 그로부터 2주 정도 지났을까. 방 청소를 하던 엄마가 고함을 지르며 나를 호출했다. 지퍼가 열린 가방 틈으로 개미가 한 마리, 두 마리…… 스무 마리. 가루가 많이 남는 버터링의 특성을 간과해 일어난 참사였다. 나는 실컷 혼나고 좋아하던 가방을 버렸다. 그 뒤로 버터링은 정말로 먹고 싶을 때만 가끔 사 먹었다. 쓰레기는 학교에, 직장에 다닌 뒤로는 회사에 가져가서 버렸다. 그 또한 누구에게도 들키고 싶지 않아서 매번 주위를 두리번거렸다.

*

인스타그램에서 #괴과자를 검색하면 나오는 서른두 개의 게시물 중 서른 개는 내가 올린 것이다. 포테토칩 육개장사발면맛, 빼빼로 깔라만시 상큼요거트맛, 프링글스 요거트맛, 인디안밥의 형제 격인 에스키모밥과 바이킹밥, 마라맛 도리토스 등 특이하거나 새로 나온 과자를 기록해둔다. '괴과자'라고는 하지만 꽃게랑 광천 김맛이나 봉평 메밀가루를 사용한 소바칩처럼 무난하게 맛있는 과자도 있다. 다만 고향만두맛이니 에그토스트맛이니 하는 감자칩 신제품이 끝없이 쏟아지는 걸 보고 있으면, 해리 포터 시리즈에 나오는 '온갖 맛이 나는 젤리'처럼 지구상의 머글들이 감자칩으로 세상의 모든 맛을 구현하려는 게 아닐까 싶기도 하다. 이런 생각을 하며 마트 매대 사이를 어슬렁거리다 갑자기 사진을 찍어대는 중년 여자가 남들 눈에 어떻게 보일지는 잘 모르겠다.

얼마 전 한 편의점에서 구운짜장 양파 가득 갓 볶은 맛, 도리토스 머쉬룸 스테이크맛, 짱구 양념치킨맛, 자가비 대파&로메스코 소스, 천마표 시멘트 팝콘(한정 판매)을 한꺼번에 발견해 조금 흥분하기도 했다. 사진 몇 장을 찍은 뒤 나는 이상한 사람이 아니라는 걸 아르바이트생에게 증명하기 위해 이 중 몇 개를 샀다. 생각해보니 그게 더 이상한 것 같지만.

본의 아니게 '괴과자 마니아'로 보이게 되면서 잘 모

과자 이야기

르는 사람들에게도 "괴과자 이야기 잘 보고 있어요"라는 말을 들을 때가 있다. 『내가 정말 알아야 할 모든 것은 유치원에서 배웠다』를 쓴 로버트 풀검은 "새 크레용 세트를 선물 받으면 어른이고 아이고 할 것 없이 좀 장난스러워진다"라고 말했는데, 과자 역시 어른들의 마음을 조금 가까워지게 만드는 물건인 것 같다. 일면식도 없는 SNS 친구에게서 "새로운 괴과자가 나왔던데 혹시 드셔보셨어요?"라는 메시지를 받으면 왠지 모를 책임감마저 생겨 꼭 찾아보게 된다. 나와 다음 책을 계약한, 그리고 우연히 한동네에 살고 있는 편집자는 어느 날 우리 집 우편함에 삼육두유맛 웨하스와 양파링 짜파게티맛을 깜짝 선물로 두고 갔다. 종일 굶으며 원고를 쓴 날, 저녁을 사 먹으러 나가다 과자로 가득 찬 우편함을 발견했을 때 얼마나 웃었는지 모른다.

그런데, 정말 솔직하게 말하자면 나의 과자 취향은 다소 보수적이다. 멜론 차트 > 월간 인기 > 국내 종합 > 댄스 > 톱 100을 듣는 지극히 평범한 취향의 소유자로서 과자라고 뭐 크게 다르겠는가. 게다가 이미 좋아하는 맛에 꾸준히 혀를 길들여온 입장에서 새로운 맛에 도전하

는 데는 상당한 용기가 필요하다. (솔직히, 이미 완벽한 아
몬드 빼빼로가 있는데 굳이 깔라만시 상큼요거트맛 빼빼로를
먹어봐야 할 이유가 무엇이란 말인가.) 심지어 새 과자가 기
존 과자보다 맛있을 가능성은 그리 높지 않다. 꼬북칩
초코시나몬맛 같은 성공작은 자주 나오지 않는 법이
다. 그러니 열심히 괴과자 사진을 찍어 올리면서 장바
구니에 자갈치를 넣는 건 기만이라는 친구들의 비난을
겸허히 받아들이며, 나의 사적인 과자 취향 일부를 공개
한다.

　-감자깡, 양파깡, 고구마깡은 늘 기대한 만큼의 맛으로 보
답한다. 그러나 감히 말하건대 옥수수깡은 실패작이다.
　-꼬깔콘은 역시 군옥수수맛이다.
　-튜닝의 끝은 순정이라는 진리는 새우깡에도 적용된다.
(단, 홈플러스 PB 상품 '왕새우'의 강렬한 감칠맛은 생태계를 교
란할 만하다.)
　-감자 과자의 맛이 점점 다양해지고 있지만 무엇이든 오
리지널을 능가할 가능성은 매우 낮다. (단, 프링글스 사워크
림&어니언은 예외다.)

-감자칩을 고를 때 최선은 포테토칩, 차선은 포카칩이다. (허니버터칩이 그랬듯 콰삭칩도 한때의 유행에 불과하다.)

-하지만 1분기에 한 번 정도는 스윙칩 볶음고추장맛을 먹는 것이 좋다.

-궁극의 초코칩 쿠키는 아직 등장하지 않았다.

-평소보다 기름진 스낵이 당기는 날엔 닭다리 너겟이다.

-호르몬이 탄수화물 폭탄을 원할 땐 고구마형 과자, 왕소라형 과자를 처방한다.

-참쌀선과와 참쌀선병은 세트로 사야 한다. 번갈아 먹으면 무한대로 들어가기 때문이다.

-모든 가정집에는 비상용 홈런볼이 있어야 한다. 홈런볼의 최소 단위는 비빔면과 마찬가지인 두 봉이다.

*

주당이었다던 할아버지와 달리 나는 술을 전혀 즐기지 않는다. 잠이 오지 않는 날이면 냉동실에 상비해둔 예거마이스터를 반 모금 꿀꺽 삼키긴 하지만 그건 어디까지나 수면제 대용이다. 직장이나 육아 스트레스를 한 밤중의 맥주 한 캔으로 달랜다는 사람들은 술도 안 마시고 어떻게 사냐고 하는데, 나는 과자를 먹는다. 회사에 다니던 시절에는 매일 퇴근길에 신중하게 과자를 골랐다. 콘칩, 새우깡, 칸츄리콘, 오잉, 스윙칩, 도리토스, 썬칩 같은 '짠' 유와 빼빼로, 다이제 초코, 초코렛타, 맛동산, 오사쯔 등 '단' 유의 배합이 관건이었다. 집에 돌아와 씻지도 않고 방에 배를 깔고 누워 쫓기듯 한 봉지를 해치운 다음 더부룩한 속으로 저녁을 먹었다. 그러고 나서 잠깐 눈을 붙였다가 가족들이 잠든 새벽에 깨어 일을 시작했다. 첫 번째 봉지는 그날의 스트레스를 해소하기 위한 땔감, 두 번째 봉지는 마감을 위한 연료였다.

하지만 일상의 연료를 확보하는 것은 늘 수치심과의 싸움이었다. 성인 여성이 과자를 잔뜩 사는 일은 왜 부끄러울까. 아니, 어쩌면 나만 그런가? 과자는 몸에 나쁜 것이니 먹으면 안 된다는 얘기를 끊임없이 들으며 자랐기 때문인지 나는 과자를 살 때마다 투명인간이 되고 싶었다. 사춘기 이후 20년 가까이 나를 괴롭힌 '충분히 날씬하지 않은 몸'도 그 연장선에 있는 문제였다. 버스 정류장에서 집으로 가는 길에 있는 슈퍼의 주인아주머니가 매일 과자를 사 가는 나를 반기며 말을 붙인 이후로는 아르바이트생이 자주 바뀌는 편의점에 다녔다. 최소한의 응대 외에 아무 말도 하지 않는 그들이 계산을 마치면 나는 태연한 척하며 가방에 과자를 차곡차곡 집어넣었다. 빵빵하게 부풀어 번쩍이는 과자 봉지가 삐져나오거나 부스럭대는 비닐봉지를 들고 다니는 건 너무 수치스러운 일인 데다 그 상태로는 현관에 들어서는 순간 엄마에게 붙들릴 게 뻔했기 때문이다. 친구들이 "사람을 납치해 넣어도 모르겠다"라며 놀려댔을 만큼 거대한 숄더백과 충분히 깊어서 스낵을 두 봉지 넣어도 튀어나오지 않는 크로스백이 내 과자 전용 가방이었다. 그런데 얼마 전 부모님의 집 앞에 과자와 아이스크림을 파는 무인 점포가 생긴 것을 보았다. 이제야!

　결혼 후 무엇이 달라졌느냐는 질문을 가끔 받는다. 물론 많은 것이 바뀌었지만 내 삶이 그 전과 엄청나게 달라졌는지는 모르겠다. 가장 중요한 건 거실에서 누구의 눈치도 보지 않고 떳떳하게 과자를 먹을 수 있게 되었다는 사실이다. 서른다섯 살이 되고 나서야 과자를 몰래 먹지 않게 되다니 역시 조금 부끄러운 일 같긴 하다. 그런데 숨어서 과자를 먹을 필요가 없어진 이후, 나는 전보다 훨씬 과자를 덜 먹게 되었다. 몸에 나쁜 것을 먹는다고 잔소리를 들을 걱정과 들키기 전에 급히 먹어치워야 한다는 조바심이 사라져서인지 과자를 향한 집착이 줄어든 것이다. 대신 장을 보러 갔다가 좋아하는 과자가 눈에 띄면 사 와서 던져놓고 조금 초연한 마음으로 며칠씩 둔다. 언제든 먹을 수 있지만 지금 먹지 않아도 아무 일 없다는 걸 알기에 가장 좋은 때를 기다린다. 그리고 힘든 마감을 마친 날 새벽, 소파에 앉아 당당히 자갈치 봉지를 뜯는다.

나는 잠시 사랑하기로 한다

서한나

서한나

1992년 대전에서 태어났다. 여성 전용 요가원에 다니며 거기서 대화
엿듣는 것을 즐긴다. 친구가 별로 없고 시간이 많아서 혼자 있을 때
는 입술이 세모가 된 원인을 밝히기 위해 노력한다. 동료들과 함께
『피리 부는 여자들』을 썼고 『사랑의 은어』를 혼자 썼다.

사람들은 가끔 내 몸에 대해 말해준다. 눈두덩이가 두꺼워, 윗입술 끝이 동그래, 입술이 세모야. 살면서 억울한일이 많았던 사람 같아. 왼쪽 어깨가 오른쪽 어깨보다더 처졌어, 가방이 자꾸 흘러내리잖아. 다리 뒤에 점 있는 거 알았어? 만져봐도 돼?

등이 굽은 건 언제부터인지 모르겠다. 겨울만 빼고 늘슬리퍼를 신던 나는 척추에 번개가 치는 느낌이 싫고 수술은 더 싫어서 재활 전문 요가원을 찾았다. 원장님은내 몸을 쓱 보더니 "짝다리 짚지 말고 턱 괴지 마세요.심장이 약하네" 말했고 나는 그를 신뢰하게 되었다. 오래된 상가 건물에 그의 요가원이 있다. 그 옆엔 맹순네 전집이 있고 나는 전 굽는 냄새와 슬리퍼 신은 주당들을 모르는 체, 운동을 하러 간다. 요가원 안에는 약한 촛불에 계속해서 끓고 있는 국화차가 있고 소주잔 크기의 종이컵이 있으며 거기에 둥그렇게 모여 앉은 중년들이 있다. 그 옆에 배우 김부선을 닮은 원장님이 있다.

그는 오늘 얼마나 앉아 있었나, 무얼 먹었나, 속이 가벼운가 무거운가, 숨이 깊게 내려가나 아니면 목구멍에서 헐떡거리나 그런 것을 매일 확인하며 사는 사람이었다. 손과 발이 뜨끈하고, 화통해서 맹순네 전집 파라솔에서 한잔하는 상상을 하게 되지만 술은 1년에 한두 번 마실까 말까 한다는 사람…….

운동하는 곳에서는 잡생각을 지우라 하고 마음 얘길하러 간 곳에선 몸을 써서 정신과 균형을 맞추라고 했다. 엄마 친구는 머리를 하도 많이 써서 머리가 터져 죽었다고 했다. 믿거나 말거나 죽은 자는 말이 없다. 결론 없는 잡생각, 머릿속에서 안 나가는 증기 그런 것 말고 동물적인 에너지, 물 찬 제비 같은 몸 그런 게 갖고 싶었다.

배꼽 밑에 포도알이 하나 있다는 생각으로

2주 만에 운동을 하고 왔다. 그나마 있던 근육이 사라져 감을 느끼며 불안한 나날을 보냈기 때문에 바로 오늘, 내 몸의 근육 하나하나를 웃게 하리라는 생각으로 흰색 민소매를 입기로 했다. 운동을 제대로 한 날에는 알통 때문에 핸들 돌릴 때나 팔 움직일 때 묵직한 느낌이 든다. 꼭 헐크가 된 것 같다.

나는 헐크가 맞지만 역시나 운동 시작 10분 만에 아, 난 왜 이 고생을 사서 하는가 후회했고 다리가 찢어질 것 같다고 말하면서 도망가고 싶어졌다. 내일부터 오지 말아야지 생각하며 시계를 본다. 3분에 한 번씩 본다. 사타구니는 찢어졌고 팔이 피아노학원 다닐 때처럼 무너진 데다 심장이 쪼개져서 대장이랑 자리를 바꾸었는데 시계는 일곱 시 오십 분을 가리킨다. 그렇다. 고작 20분이 지난 것이다.

20분이 지나면 내 성격은 이상해진다. 요가원에 오는 노루 소녀가 여기서 꼴찌인 나보다 더 못하는 걸 보면 복장이 터져서 미칠 것 같고 그가 힘들어하는 소리를 내

나는 잠시 사랑하기로 한다

면 너 때문에 될 것도 안 된다 생각이 들어버린다…….
하지만 오늘같이 은둔 고수들이 하나둘 모습을 드러내
내 앞에서 다리 찢기 신공을 펼치면서 두 팔로 엉덩이
를 받쳐 들고 요가원을 초원처럼 뛰어다닐 기세로 여기
저기 껑충대고 다니면 불현듯 그가 그리워진다. 그런 날
꼭 그는 없다. 내가 그를 영원히 미워할 수밖에 없는 이
유다.

어째서 나는 오늘도 운동을 하러 온 것일까? 눈에 보
이는 모두를 모욕하고 싶은 지경이 되면서…… 내 발로
걸어와놓고. 나는 3년째 도망가지 않고 있다. 이상한 꽃
무늬 천을 씌워놓은 때 묻은 손잡이를 잡고 돌리고 들
어간다. 여름휴가랍시고 닫혀 있는 손잡이를 몇 번 흔
들어보고 도로 내려오는 날엔 아쉬워도 하면서.

여기서 내 팔이 제일 굵었으면 좋겠다

팔뚝이 얼굴만 해졌으면 좋겠다. 손바닥을 뒤통수에 대
고 팔꿈치를 활짝 벌렸을 때 머리통만 한 알통이 불룩하

나의 복숭아

게 윤곽을 드러냈으면 좋겠고 수련실 밖에서 들어오는 노란 불빛에 더욱 탐스러워 보이는 알통을 느끼며 나 자신에 더욱 취하고만 싶다. 나를 기다리고 있는 것이 곡소리 나는 틀어진 골반 잡기라고 해도……. 나는 다른 사람들을 본다. 자세를 아직 못 외웠기 때문이다. 3년째 다니면서도 자세를 못 외운다. 내가 아는 자세는 견상 자세, 흔히 다운독이라고 부르는데 나는 이 자세가 잘될 때 기분이 좋다. 물론 잘된 적은 한 번도 없기에 기분이 늘 좋지 않다. 가슴을 당당하게 펴고 무릎을 굽히더라도 발 뒤꿈치가 바닥을 단단하게 디디고 종아리가 찢어지기 직전까지 뻐근하게 늘어나는 것을 느끼면서 팔뚝이 시뻘게지고 후끈해질 때까지 버티면 나는 나 자신을 조금 더 자랑스럽게 여기게 된다. 내 몸을 아껴주는 일에 천천히 시간을 들이는 것이 마음을 편안하게 한다. 다음 순서가 심화 자세라는 것을 알기 전까지는…….

김수면양말씨는 혼잣말을 크게 하고 추위를 많이 타는지 수면양말 비슷한 걸 신고 수련실에 들어온다. 선생님이 들어오기 전까지 뒤를 돌아보고 친구와 말을 한다. 그가 좋아하는 자리는 빛이 잘 들고 문 쪽에서 가까운

나는 잠시 사랑하기로 한다

가운데 자리인데, 앞에 한 명도 앉지 않으면 거울이 잘 보여서 그럭저럭 좋은 자리라고 할 수 있다. 그 자리는 나 또한 좋아하는 자리다. 그때부터 우리는 무언의 자리 쟁탈전을 시작해야 했다……고 쓰지만 보통은 그가 먼저 도착한다.

그는 굴러와도 3분이면 올 수 있는 요가원 바로 옆 아파트에 사는 것이다. 내가 집에서부터 20분을 달려 번잡한 주택가에 차를 구겨 넣고 언덕을 올라오는 사이, 그는 내리막길에서 점점 빨라지는 걸음을 제어하지 못한 채 나와 입구에서 마주치기도 한다. 나는 신경전을 하면서까지 그 자리를 탐내진 않는다는 걸 보여주고자 슬쩍 걸음을 늦춘다. 적의가 없음을 표현하기 위해 목례도 한다. 하지만 그는 혼잣말을 크게 하는 사람답게 나를 화나게 하고야 만다. 그렇다. 내 앞에서 자리를 뺏길 뻔했다고 말하고 만 것이다.

그의 해맑은 웃음과 끊이지 않는 수다를 들으면서 원장님이 어서 들어와 이 소음을 끝내주기를 바라며 준비운동을 했다. 그의 말소리가 들리지 않는 먼 자리에 매트를 깐 뒤 어둠 속에서 팔굽혀펴기를 한다. 목표는 다

나의 복숭아

섯 개. 신음하지 않기 위해 이를 앙다물고 배에 힘을 주려고 노력한다. 하지만 엎드려 있으면 내 배가 어디에 있는지 모르겠다.

잠이 안 올 때 바닥에 슬그머니 내려가서도 하고 요가원에 가서 마음을 다잡기 위해서도 하고 글이 써지지 않을 때 혈류를 바꾸기 위해서도 한다. 처음에는 팔이 접히는 데만 미묘하게 까딱 움직여지더니 어느 순간 내려가는 것만 되고 올라오는 것은 안 되다가 그 상태에서 계속하니까 쑤욱 올라오게 됐다. 한 번 되니까 다섯 번도 됐다. 팔굽혀펴기 다섯 개 기록 보유자의 목표는 한 손으로 하는 것이다. 한 손으로 하면서 등에 다른 사람을 태우고 한 손으로 하는 것이다. 팔굽혀펴기는 멋진 것이라는 생각을 아직 가지고 있기 때문에 동력을 유지할 수 있다. 멋있는 사람이 멋있게 팔굽혀펴기 하는 모습을 보면 팔굽혀펴기를 하고 싶어진다. 제대로 근육을 써서 다섯 번으로 엄청난 효과를 누리고 싶다. 팔굽혀펴기 기분을 내기 위해 쓰는 방법은 팬티만 입고 하는 것이다. 그러면 내려갈 때 팔근육이 꿀렁대는 것을 볼 수 있다. 보이다 안 보이다 하는 팔뚝의 선을 관찰하다 보

나는 잠시 사랑하기로 한다

면 어느새 다섯 개를 하게 된다. 오늘따라 뭔가 내 몸이 예전으로 돌아간 것 같을 때는 마음에 쏙 드는 향의 고체 향수를 손목에 발라서 팔을 굽혔다 펼 때마다 은근히 맡을 수 있게 한다. 향을 맡기 위해서 나는 내려가고 올라올 수 있다.

팔굽혀펴기 하는 내 모습을 보여줄 생각은 없었는데 어디선가 원장님이 나타나 어깨와 손목 힘으로 몸을 튕겨내지 말고 가슴을 쫙 펴서 등 근육으로 올라오라고 했다. 등. 근. 육. 그런 건 있을 수가 없는데. 등 근육이란 무엇인가? 내가 본 등 근육은 그리스 신화 속 켄타우로스의 것, 아니면 켄타우로스를 닮은 운동 많이 한 사십대 여성의 뒷모습에서 본 것. 내 것은 아닌 것이다. 등 근육을 만들려면 팔굽혀펴기를 해야 하는데 팔굽혀펴기를 하려면 등 근육을 써야 한다.

모순 속에 나를 던져둔 채 저녁마다 이곳에 오기 위해 요가복을 입는다. 집 안을 요리조리 돌아다니다가 거울에 내 모습이 비치면 멈춰 서서 잠시 본다. 내게도 등 근육이라는 것이 있는지…… 나는 뒤로 서서 잘 돌아가지 않는 목을 겨우 돌려 거울을 응시한다. 그리고 배에 힘을 주고 가슴을 활짝 편 뒤 팔을 접어본다. 불도 끄고 그림자를 만들어보지만 켄타우로스의 흔적은 그 어디에도 없다.

집중해야 한다. 집중을 흩뜨려놓는 것은 의좋은 자매가 어느 날인가부터 꼬박꼬박 신고 오는 발가락양말이다. 그 발가락양말을 참을 수 없다. 까만색 양말은 주황색 불빛 속에서 아주 잘 보인다. 흰색이었다면 더욱 참을 수 없었을 것이라고 나를 위로한다. 나는 좌도 우도 보지 못하고 자매 중 한 사람의 발가락양말을 본다. 그 발가락양말이 감싸고 있는 발가락 하나하나가 일제히 자세를 갖추는 모습을 유심히 본다. 내 몸 어디 한군데에 집중하지 못하고 발가락양말만 본다. 뒤꿈치로 벽을 밀어내세요! 기합 넣는 원장님의 말소리도 그만 발가락양말에 흡수돼버리고 만다. 호흡이 무너져버린다. 어쩐 일인지 아무도 발가락양말에 관심을 두지 않는 게 사뭇 편안하게 느껴지기도 한다. 한편 그 발가락양말을 맞춰 신고 와서 무아지경 운동을 해대는 자매의 모습이 좋아 보이기도 한다.

나는 왜 발가락양말을 내 문제로 끌어안고 50분 내내 발가락양말이 어디에 있는지 의식하고, 다른 자리에 앉아놓고는 그 자리를 내 자리라고 여기는 것일까? 오늘도 나는 순간에 집중하기에 실패했다. 3년째다. 나는 허벅지를 찢기 위한 런지 자세를 할 때 빼고는 언제나 다른 생각을 하고 있다. 집 가서 무얼 먹을지, 주차해둔 차에 새가 똥을 싸진 않았는지, 다른 데도 댈 데 많은데 꼭 자기 집 주변에 주차한다면서 혼잣말을 크게 하는 또 다른 사람이 내 신경을 긁지는 않을지. 나는 이런 것들을 왜 걱정하고 있는지, 걱정은 언제부터 이렇게 많아졌는지, 내가 원래 이런 사람이었는지, 나는 어떻게 해야 하는 것인지…… 이 모든 걸 걱정하다가 50분이 갔고 그 와중에 다행인 것은 다른 생각을 하면서도 몸을 움직였다는 것이다. 생각을 안 할 수 없다면 몸이라도 움직이는 것이 낫다.

　나는 발가락양말 자매와 자리쟁탈 김수면양말에게 인사를 꾸벅 하고 요가원을 나선다. 내일 또 오고 싶다고 생각하면서. 거울에 비친 내 기립근(없다)과 의식하지 않고 있을 때도 불뚝 솟아 있는 삼두(의식하지 않은 적

은 없다), 칫솔질을 하면서도 무겁게 느껴지는 팔뚝과 쇼
츠를 입었을 때 밑으로 쭉 갈라지는 허벅지 근육이 아주
천천히 급할 것 없이 오고 있다는 것을 약간의 피로감을
통해 예감하면서 오늘 마실 술의 종류를 결정한다. 운동
을 하고 술을 마셔서 몸을 교란시키면 몸이 운동은 했지
만 술을 마셨다고 생각할까 아니면 술은 마셨지만 운동
을 했다고 기억할까? 마지막에 한 일이 음주였는지 운
동이었는지로 판단할까? 몸 대신 친구에게 묻는다. 술
마시러 갈래? 옷만 갈아입고 나가겠다고 한다. 왼손으
로 오른쪽 팔뚝을 주무르면서 좀 두꺼워진 것 같다고 혼
자 만족한다. 운동하기 전보다 운동하고 난 뒤의 내가
더 마음에 들고 기분이 좋다. 기분은 몸에서 오고 기분
은 결국 모든 것이니까.

기분은 모든 것이니까

달렸다. 요가를 안 했기 때문이다. 있을 수 없는 일이다.
최악의 복통을 겪던 날에도 요가원 매트를 쥐어뜯더라

나는 잠시 사랑하기로 한다

도 거기 있기를 선택한 성실한 꼴찌이기에…… 음울하고 쪼다가 된 기분에 사로잡혀 있던 나는 운동복을 도로 벗고 팬티 차림으로 베란다에 널어둔 옷가지와 수건을 걷으며 밤 달리기를 다짐했다. 밤 열 시면 운동장을 소등한다는 현수막을 봐둔 덕분에 셔터 내리기 직전 운동장에 도착했다. 운동장은 까맸다. 가는 길에 매화 냄새를 맡으며 이런저런 생각을 했다. 너머로 비싼 아파트가 보였고 나는 그걸 한 채 갖고 싶다는 욕망을 넘어 이미 저기에 내가 살고 있는 것 같은 착각에 빠졌다. 머리털도 가볍고 몸도 가뿐하고 지하주차장에선 잘빠진 외제차가 나를 기다리고 있을 것 같은 기분이 든다. 달리기의 효능이다.

정작 나를 기다리고 있는 것은 정비소 가는 걸 여섯 달 미룬 덕에 시동 걸면 째지는 소리가 나서 안에서도 귀를 틀어막아야 하는 나의 작은 하늘색 차라는 걸 잊지 않았다. 운동 직후의 기분은 이 모든 걸 받아들이게 할 만큼 힘이 세다. 현실이 아무렇지 않다.

그다음 날에도 요가를 안 했다. 달리기도 안 했다. 오늘 밤 테미공원 벚꽃도 예쁠 거고 유등천 벚꽃도 예쁠 거고 엑스포다리도 예쁠 텐데 집 와서 옷 갈아입으니까 다시 나갈 마음이 생기지 않았다. 전 같았으면 가방 내려놓고 양치만 하고 나갔을 텐데, 봄이 오면 하나도 안 봐주고 다 즐겨주마 했는데 막상 봄이 오니까 의욕이 사라졌다.

오랜만에 요가 하러 갔더니 원장님이 몸이 또 뒤틀렸다고 했다. 아무래도 이케아 의자에 앉아서 책을 본 게 문제였던 것 같다. 그럼 어디 앉느냐고 묻진 못했다. 손연재 의자를 추천해줄 게 분명하고 난 그걸 살 마음이 없다. 원장님이 내 등을 꾹꾹 눌러주었다. 마디마디를 부러뜨릴 작정으로 눌러서 그런지 바닥에 입술이나 이마가 닿으면 그대로 숨이 막혀 죽어버릴 것 같다. 누가 나를 만지면 누가 나를 만지는 게 오랜만이라는 생각이 든다. 오랜만이 아니더라도 꼭 그렇다.

어릴 땐 한번 빠지고 싶은 생각이 들면 이내 교회를 성당을 절을 음악학원을 컴퓨터학원을 속셈학원을 그만두었다. 요가는 한동안 안 가면 시체가 벌떡이란 술게임 장면이 상상되면서 이따가 저녁에 요가 갈 생각을 하니까 극도로 기대가 되네, 생각이 든다. 요가원에서 내가 제일 뻣뻣하고 동작을 못한다는 걸 생각하면 방금 내가 한 말이 아주 웃기지만 계속해서 이런 태도로 살아가고 싶다구요.

구부정하게 쪼그려 앉아서 원장님이 요가 가르친 보람도 없이 허리 동그랗게 말고 목은 거북이보다도 더 길게 빼고 글을 쓰고 있다. 원장님은 어느 날 나를 많이 만졌다. 엎드린 내 위에 올라선 채 엄지발가락 끝을 이용해 내 종아리 알이 시작되는 부위를 꾹 눌렀다. 나는 매트 끄트머리를 두 손으로 돌돌 말아 쥐고 원장님…… 저 죽어요…… 그랬다.

순환이 안 되고 막혀 있어, 원장님이 내 위에서 내려와 목뼈와 어깨뼈가 만나는 부분을 손으로 쥐고 흔들었다. 뒷목 부근에서 우두둑 소리가 났다. 종아리는 얼얼하고 발바닥은 쪼개진 것 같은데 목뼈가 사라진 것처럼 시원했다. 집에 와서 노트북 켜놓고 문자 하는데 원장님이 어깨 주무르면서 했던 말이 생각났다. "엄청 오-래 앉아서 일하는 사람인가봐." 나는 책상에 앉아서 짜파게티에 열무김치 먹을까 카레에 파김치 먹을까 그런 생각을 오래 한다.

운동이 끝나고 드러누워 사바사나를 하는데 은근히 원장님의 손길을 기다리게 되었다. 그냥 나가면 아쉬웠다. 아프고 싶다고 생각했다. 원장님이 불 끄고 나가면서 내 명치끝을 눌렀다. 너무 긴장되어 있다고 했다. 누워 있는데도 긴장하고 있으면 어떡해? 나는 어버버거리다가 눈을 감았다. 나 긴장 안 했는데. 긴장하지 않은 상태는 뭐지? 역시 운동을 하면 마음이 한결 낫다.

오늘도 대단하고 약간 비루한 아침이 왔다. 베란다 문을 활짝 열고 바깥바람을 마시면서 뭘 튀기거나 굽거나 지져서 기분이 좋아질 때까지 먹으면 하루가 시작된다. 세탁기 돌리고 빨래를 넌 게 뿌듯해서 팔굽혀펴기 1회로 자축했다. 그런 게 나를 즐겁게 한다. 매운 걸 먹으면 흥분되면서 의욕이 생기고 그 힘으로 샤워도 하고 가방도 싼다.

몸을 믿으세요

요가 중년들이 수다를 떠는 게 좋다. 김장철이면 김장을 하고 명절이면 시댁에 가지만 내가 까까머리를 해오면 잠시 아연실색한 후 어울린다고 해주는 인간적인 이들이다. 50분 동안 집에 안 가고 신랑을 잊고 자식을 잊고 서로의 이야기를 한다. 그중 한 명이 다른 이에게 잔근육 구경하게 내 앞에 앉으라고 한다. 대화에 낀 적은 없지만 그들은 내가 그 대화를 듣고 있다는 걸 안다. "어제 텔레비전 보니까 엄정화가 아쉬탕가 하더라고요. 신기했어요. 내가 하는 거 하니까……" "뭐는 안 하겠어?" "그렇겠지?" 그런 대화. 누가 다리 쭉 찢는 거 보면 젊어서 좋겠다, 그런 얘기.

운동이, 소생의 밤이, 탈의와 수다가 끝났고 나는 사뭇 무거워진 팔다리를 느끼며 계단을 내려온다. 사바사나를 건너뛰면 계단을 내려가다 다리가 풀려서 넘어질 수도 있어요. 원장님의 말을 떠올린다. 앞에 가던 이가 문을 잡아준다. 내가 뒤에 오는 이의 문을 잡아준다. 날씨가 어떻든 밤공기는 시원하다. 신이 난다. 클럽 노래를 튼다. 밤밤 노래가 울려 퍼진다. 차가 흔들린다. 노래가 싸구려일수록 신이 난다. 끈적한 땀이 마르고 차는 부앙하면서 잘도 달리고 나는 스테이지를 제패한 내 모습을 상상한다. 이대로 집에 들어갈 수는 없다. 마트에 가서 쑥갓을 감자를 가지를 머쉬마루버섯을 산다.

어쩐지 세상이 느릿느릿 흘러가고 땀이 식어도 춥지 않다. 아이스커피 한잔을 한 시간 동안 나누어 마셨을 때가 그렇고 저녁 술자리도 그렇지. 비밀이 녹아서 없어지는 느낌이 들지. 그런데 그건 순간뿐이고 다시 기분은 안 좋아지기 마련이다. 일갈하고 싶은 마음이 들다가도 속내를 감춰야 한다는 생각이 들고 강박적 사고가 시작된다. 술과 커피는 기분에 영향을 미친다. 좋았다면 그만큼 곤두박질치게 한다. 계속 좋으려면 끊임없이 마셔야 하는데, 그러면 심장이 멎을지도 모른다. 수분이 빠져나가서 로션 바를 때 따가울지도 모른다. 심장이 멎는 건 두렵지 않은데 술과 커피를 마시지 못하게 될까봐 두렵다. 내 몸에 잠시 모습을 드러냈던 근육이 어느 날 '내가 네 안에 살았던 건 꿈이었다' 말하고 사라질까 두렵다. 내가 느낄 수 있는 기운이 최대한 여러 가지였으면 좋겠다. 두려움 말고도, 술기운 말고도.

나는 잠시 사랑하기로 한다

나는 나를 본다. 오늘은 운전을 오래 해서 골반이 아프다. 앉아 있을 땐 턱을 괴었고 서 있을 땐 짝다리를 짚었다. 밤엔 슬리퍼를 신고 나가 소맥을 먹었고 2차로 간 술집에서 옥수수꼬치를 먹었다. 다리를 왼쪽으로 꼬았으니 이번엔 오른쪽으로 꼬아야겠다는 친구한테 상쇄하는 걸 좋아하나보네 하고 말했지만 상쇄되는 게 아니라 허리가 두 번 꼬일 뿐이다. 태어난 이래로 기분이 거의 안 좋았다. 머리로만 살면 그렇게 된다. 운동하는 50분 동안에도 딱히 좋을 일은 없지만, 어떤 날 잠깐 좋을 때가 있다. 안 되던 동작이 될 때, 아니면 되던 게 더 잘될 때. 자리에만 관심 있던 수면양말씨가 어느 날 나를 경계하지 않고 머리 자르셨네요? 인사해줄 때. 턱 괴고 앉아 그때를 쓴다. 팔뚝을 만지면서. 실실 웃으면서.

식물을 닮아가는 중

이소영

이소영

식물을 그림으로 기록하는 식물세밀화가. 국내외 식물 연구기관 및 학자들과 협업해 식물학 그림을 그린다. 서울신문에 '이소영의 도시식물 탐색'을 연재하며 네이버 오디오클립 '이소영의 식물라디오'를 진행한다. 『식물 산책』 『식물의 책』 『식물과 나』 등을 썼다.

나무마다 꽃이 피는 봄이 오면 나는 부쩍 바빠진다. 오늘도 이른 오전부터 작업실 근처 수목원을 찾아 전시원을 한 바퀴 돌며 지금 잎과 싹을 피워내는 식물 목록과 개화 상태를 확인했다. 그러고는 그림을 그리기 위해 최근 며칠간 모니터링하고 있던 금낭화와 병아리꽃나무를 찾았다. 금낭화는 한창 만개 중이며 병아리꽃나무는 지난주부터 꽃봉오리가 비대해지기 시작하더니 오늘 드디어 조금 벌어졌다. 아직 활짝 피지도 않은 꽃을 나는 매일 관찰하고 있다. 나는 식물의 삶을 관찰해 그림으로 기록하는 식물세밀화가다.

식물을 닮아가는 중

어렸을 때부터 식물을 좋아했고, 자연스레 대학 전공도 원예학을 선택했다. 원예학을 선택한 것은 오로지 내의지였다. 어릴 적부터 고집이 아주 셌고, 한번 마음먹으면 그대로 밀고 나가는 성격이었기에 부모님은 내가 원예학과에 진학한다고 했을 때도, 식물세밀화가가 되고 싶다고 했을 때도 그저 믿고 지켜봐주셨다.

그러나 대부분의 어른들은 원예학을 공부한다는 내게 식물을 공부하는 건 시대에 뒤처지는 일이라거나 식물을 공부해서 뭐가 되려는 거냐고 핀잔 섞인 말을 하곤 했다. 지금으로부터 15년쯤 전의 일이다. 당시 사람들은 원예학이란 학문을 우리가 먹을 식량을 재배하고 연구하는 것 정도로 여기곤 했다.

대학에 입학한 후에도 종종 나를 소개할 때 전공이 원예학이라고 하면 수능 점수에 맞춰 지원을 한 거냐는 둥 부모님이 농사를 지으시냐는 둥 부모님의 일을 물려받기 위한 공부라 짐작하는 사람이 많았다. 자의로 식물을 공부할 거라곤 생각하지 않는 세상이 나는 의아했다. 식물을 재배하는 일이 좋아서 전공으로 선택했는데, 이것이 떳떳하지 않은 일인가, 내 약점인 건가 하는 생각이 드는 순간은 그 후로도 자주 찾아왔다.

원예는 식물과 인간의 관계를 연구하는 학문이다. 대학교 때 들었던 수업 중에는 식물생리학, 형태학, 화훼학, 과수학, 채소학, 원예치료학, 양봉학, 잔디학 등이 있었다. 한번은 쉬는 시간에 전공서를 손에 들고 다니던 동기가 잔디학 전공서만큼은 들고 다니기가 창피하다며 책을 제목이 안 보이는 쪽으로 들어야겠다고 지나가듯 말한 적이 있다. 수업 준비물인 원예 기구나 재배한 수확물을 갖고 다니는 것을 꺼리는 경우도 자주 보았다.

이십대 초반, 내 머릿속을 사로잡은 것은 원예학이라는 학문이 냉대를 받는다는 것, 원예가 촌스럽고 시대에 뒤처지는 학문이라 보는 사람들의 인식이었다. 당시에는 지금처럼 공원이나 정원이 많지 않았고 국가 차원에서도 식물을 연구하는 데 큰 예산을 들이지 않았다. 우리나라에 식물 문화 발전을 위한 연구를 하는 국가기관이 하나둘 생겨난 것이 그리 오래되지 않았다는 것을 생각하면, 최근 식물을 좋아하는 사람이 많아진 것은 아주 급격한 변화인 셈이다.

내가 대학을 졸업하고 대학원에 입학하는 사이 다행

식물을 닮아가는 중

히 식물과 원예에 대한 사람들의 인식은 자연스럽게 바뀌었다. 과학기술이 발달하고 대기 오염과 식량 부족 문제가 대두되면서 우리에게 식물이 필요해졌기 때문이다. 사람들은 미세먼지를 피하기 위해 공기 정화 식물을 찾고 건강한 식량을 얻기 위해 텃밭을 일구기 시작했다. 나 역시 식물에 대해 더 깊이 있게 공부하면서 내가 공부하는 이 학문에 대한 애정을 점점 키워갔고, 누군가 내게 원예학에 대해 편견 섞인 말을 하면, 그에 반박하며 원예학의 중요성을 이야기할 만큼 자부심도 갖게 되었다.

대학을 졸업한 나는 경기도 광릉의 국립수목원에서 직장생활을 시작했다. 이곳은 산으로 둘러싸인 한적한 숲으로, 300여 명의 사람이 이 숲의 생물을 연구하고 관리했다. 수목원에서의 생활은 꽤 만족스러웠다. 내가 좋아하는 식물을 실컷 볼 수 있었고, 존경하는 연구자들 사이에서 식물과 식물세밀화에 대해 깊숙이 배우고 훈련받을 수 있었다. 수목원에 들어간 지 1년 정도 되었을까, 숲 생활에 익숙해지는 한편 매일 똑같이 반복되는 생활이 무료하게 느껴지기 시작했다. 대학을 졸업할 때

나의 복숭아

까지 수시로 하굣길에 미술 전시를 보고, 사람들이 붐비는 대형 서점에 가는 게 일상이었던 내가 오로지 식물로 둘러싸인 환경에 놓이면서 혼자 그림만 그리다 보니 도시생활이 그리워지기 시작한 것이다.

수목원 입구까지 차로 10분 정도를 달리는 동안 펼쳐지는 숲길, 나는 매일 이 길을 통해 출퇴근을 했다. 지금이 길을 지날 땐 우리나라에 이렇게 아름다운 숲길이 또 있을까 감탄하지만, 이십대 중반의 직장인이었던 10년 전의 나는 매일 묘한 슬픔을 느끼며 이 길을 통과했다. 친구들은 도심으로 출근하는데 나는 반대 방향으로 출근하는 것이 왠지 뒤처지는 것만 같고, 문명에서 멀어지는 것 같았다. 그렇게 나는 평일에 숲에 있다가도 주말이면 친구들을 만나 록 페스티벌, 콘서트, 영화제에 줄기차게 다녔다. 이것만이 숲 생활의 무료함을 충족해줄 수 있다고 믿었다. 어딘가로 가지 못할 땐 수시로 음악을 들었다.

인터뷰를 할 때면 그림 그릴 때 음악을 듣는지, 듣는다면 어떤 음악을 즐겨 듣는지에 관한 질문을 자주 받는다. 한번은 클래식 음악 매체에서 인터뷰를 요청해온 적이 있다. 나는 이 인터뷰를 수락할 수 없었다. 내가 듣는 음악은 주로 케이팝이기 때문에…… 오늘도 수목원으로 가는 차 안에서 샤이니의 「Don't Call Me」를 들었다. 재미있는 건 나만 그런 게 아니라는 것. 주변 식물 연구자들과 지방으로 출장을 갈 때면 늘 차 안에는 인기차트에 오른 곡들이 울려 퍼진다.

곰곰이 생각해보면 나는 어렸을 때부터 케이팝에 관심이 많았다. 초등학교 2학년 때 갔던 수련회에서, 평소 조용하고 내성적이었던 나는 캠프파이어가 끝나고 이어진 장기자랑에서 서태지와 아이들의 곡이 나오자 갑자기 무대로 나가 춤을 췄다. 사실 나는 그때 기억이 잘 나지 않는데, 수련회에서 내가 춤을 췄던 일은 선생님들과 반 아이들에게 크게 회자되었고, 급기야 부모님의 귀에까지 들어갔다. 수련회에서 있었던 일을 모른 척하던 내게 어느 날 엄마가 "소영아, 너 춤을 그렇게 잘 춘다며?" 물었다. 나는 그쯤은 아무것도 아니라는 듯 "어" 하고 대답했다. 그 후로도 반 대표로 장기자랑에 나가야 하는 일이 생기면 나가곤 했다.

케이팝을 즐겨 들으며 요즘 제작되는 뮤직비디오나

앨범 아트 소재로 식물이 자주 등장한다는 것을 알게 됐다. 특히 최근에는 팬데믹으로 외국에서 촬영을 할 수 없다 보니 국내 식물원이나 농장이 더 자주 나온다. 얼마 전 수도권의 한 식물원에서 일하는 지인과 만났는데 뮤직비디오 촬영을 위해 장소 협찬을 해달라는 문의 전화가 많이 온다며, 촬영을 하고 나면 식물이 죽어 있거나 훼손되어 있는 경우가 많아서 되도록 거절하는 편이라고 했다. 드라마 배경으로 식물원이 많이 등장하면서부터는 한국 드라마를 즐겨 보는 외국인들이 교외 수목원과 식물원에 찾아오기도 한다. (물론 팬데믹 전의 일이다.) 사립 식물원의 경우 관람 비용이 수익과 직결되고 관람객 유치가 식물원을 유지하는 데 중요하다 보니 아예 식물원을 지을 때 드라마 촬영지로 쓸 수 있는 건물을 설계하기도 한다고 한다. 그렇게 찍은 뮤직비디오나 드라마를 보면서 '아, 이건 숲에서 찍었구나' '오, 여기는 ○○식물원인데?' 하고 누구도 묻지 않은 장소를 알아맞히는 것도 나 혼자만의 재미다.

우리나라에서 식물은 보통 중장년층의 문화로 인식되어 왔다. 반면 주로 젊은 층이 즐기는 대중가요는 그 어

식물을 닮아가는 중

떤 문화보다 흐름이 빠르고 유행에 민감하다. 식물 문화와는 정반대다. 그런데 대중문화에 식물이 등장하다니, 식물과 K 콘텐츠의 만남은 내게 아주 상징적인 일이었던 것이다!

혼자 작업을 하다 보니 드라마와 영화도 자주 보게 된다. 식물에 둘러싸여 일을 하면 말을 입 밖에 낼 일이 거의 없어 아주 가끔은 사람의 목소리가 그리울 때가 있다. 글을 쓰거나 집중이 필요할 때를 제외하고는 종종 드라마를 켜놓고 등장인물의 대화를 배경음악처럼 들으며 작업하기도 한다. 선호하는 장르가 따로 정해져 있지는 않다. 그저 기분에 따라 선택해서 보고, 좋아하는 드라마는 여러 번 반복해 보는 것을 즐긴다. 이건 아무래도 오랫동안 식물세밀화를 그려온 영향인 것 같다. 식물을 그릴 때는 한번에 여러 종의 식물을 훑어보는 게 아니라 한 종의 식물을 반복해 관찰하는 일이 중요하다. 씨앗으로부터 줄기와 가지가 나고, 그곳에 새잎이 돋고, 꽃이 피고 열매가 맺히면서 씨앗이 퍼지는 일련의 과정을 단 한 번만 관찰해선 안 된다. 다양한 자생지에서 다양한 개체를 여러 번 관찰해 그중 공통된 특성인 '분류키'를 발견해 그려내는 것이 가장 중요하다. 그렇게 식물세밀화를 그리듯 드라마나 영화 역시 마음에 드는 작품을 여러 번 돌려보는 것이 좋다.

2017년은 과도한 작업량에 치여 힘든 한 해였다. 해야 하는 일도, 그려야 하는 그림도 많아서 그해 여름은 사람도 만나지 않고 매일 작업실에 틀어박혀 밤샘 작업을 하며 잠자는 시간 외에는 오로지 그림만 그렸다. 그때 「언젠가 이 사랑을 떠올리면 분명 울어버릴 것 같아」라는 일본 드라마를 보기 시작했다. 고향에서 도시로 올라와 지친 몸과 마음으로 매일을 살아가는 청년들의 이야기인데, 주인공은 극 중에서 제비꽃에 비유될 정도로 우리 주변에 흔히 있는 평범한 이십대다. 드라마나 영화를 볼 때도 지극히 평범한 등장인물에 애착을 느끼게 된다. 식물 중에서도 사초과와 벼과 식물에 괜한 애착이 간다. 이들은 화려한 꽃을 피우지도 않고, 눈에 띄는 형태를 갖고 있지도 않으며, 연구자들도 이름을 헷갈려할 만큼 식별이 수월한 식물도 아니다. 그저 '잡초'로 뭉뚱그려지는 식물.

얼마 전 친구 여럿이 모인 자리에서 어떤 드라마에 대해 신나게 이야기했더니, 가만히 듣고 있던 친구가 "도대체 식물 그림은 언제 그리세요?"라고 물었다. 그림 그리면서 가끔 드라마를 틀어놓는다며 웃어넘겼지만, 어쩌면 식물세밀화가로서 드라마 이야기를 자제해야 하는 걸까? (그렇지만 드라마를 아예 안 볼 생각은 없다.)

늘 자연 속에서 식물을 관찰하며 그 대상인 식물로부터 마음의 안정과 위안을 얻지만 가끔 내게 내재되어 있는 도시인의 욕망을 마주할 때가 있다. 그럴 땐 이렇게 음악, 드라마, 영화, 책으로 도시의 삶을 만나며 대리 만족한다.

물론 식물과 자연의 이미지 그대로 나를 상상하는 사람들도 있다. 숲 생활에 만족하며 도시생활에는 미련 따위 없을 것 같은 식물세밀화가. 그러나 나도 가끔은 사람이 붐비는 곳에 가고 싶고, 시끄러운 음악을 듣고 싶을 때가 있다. 숲에서 식물과 함께 있을 때는 나도 식물과 같은 생물이란 생각이 강하게 들지만, 도시생활을 그리워할 때만큼은 식물과 거리감을 느낀다.

나의 복숭아

*

　2010년대 중반, 나는 다니던 수목원을 그만두고 개인 작업실을 얻어 프리랜서로 일을 시작했다. 그전까지 내가 만나온 사람들은 주로 수목원 동료나 대학 동기와 선후배 등 식물과 관련된 직종에서 일하는 사람들이었으나 프리랜서로 전향하고부터는 식물계 밖 사람들을 만나기 시작했다. 기자와 사진가, 방송 스태프, 큐레이터, 작가, 편집자 등 다양했다.

　내가 그들에게 가장 많이 들은 말은 '생각보다'였다. "생각보다 젊으시네요." "생각보다 목소리 톤이 높으시네요." "생각보다 성격이 급하신가 봐요." 프리랜서 초기에는 그저 웃어넘겼지만 몇 년 전부터는 상대가 나에 대해 상상한 내용이 무엇인지 궁금해서 되묻기도 한다. 그러면 대개 돌아오는 대답은 이렇다. "나이 지긋한 분이 돋보기안경을 쓰고 산과 들이 보이는 시골 마을 주택 작업실에서 여유롭게 그림을 그릴 것 같아요." 그렇게 식물을 그림으로 기록하는 '식물세밀화가의 이미지'라는 것이 존재한다는 사실을 알게 되었다. 사람들의 이

식물을 닮아가는 중

러한 반응이 신기해서 지인에게 "너한테도 식물세밀화 그리는 사람에 대한 이미지 같은 게 있어?" 물어봤다. "식물 한다고 하면, 아무래도 식물처럼 조용하고 착할 것 같고…… 게다가 세밀화를 그린다고 하면 아주 섬세하고 깐깐하고 철두철미한 성격일 것 같긴 하지." "내가 그래?" "아니."

물론 내 작업실은 서울이 아닌 경기도 남양주시에 있다. 서울에 살던 우리 가족은 아버지의 고향인 이곳으로 옮겨왔다. 성묘를 하러 가던 어린 시절에는 온통 논과 밭으로 둘러싸인 시골 마을이었지만 10여 년 전 신도시가 들어서면서 작업실 주변에도 고층 아파트와 빌딩이 새로 지어졌다. 내 작업실이 경기도 남양주시 광릉수목원 근처에 있다고 하면 사람들은 산으로 둘러싸인 농촌 마을의 전원주택에서 흙을 밟아가며 식물을 기록하는 모습을 상상하지만, 내 작업실은 도시에 흔히 있는 평범한 4층 건물의 꼭대기 층, 작은 사무 공간이다. 자연인의 모습을 상상하며 인터뷰를 하러 오는 사람들의 기대를 누그러뜨리기 위해 미리 경고하며, 내가 있는 곳은 서울 근교 신도시의 평범한 빌딩 사무실이라고 일러준다.

어떤 직업이든 사람들이 상상하는 이미지라는 게 있을 것이다. 식물세밀화가라는 직업은 '식물'의 이미지에 가까운 사람, 안 그래도 작은 풀꽃을 세밀하게 들여다보고 게다가 그걸 그리기까지 하는 아주 예민하고 꼼꼼한 사람으로 그려지고 있다. (안 돼!) 식물세밀화가는 널리 알려지지 않은 직업인 데다 내 주변만 해도 나를 통해 식물세밀화가라는 직업을 접한 사람이 많기에, 직업이 곧 정체성으로 보이기 쉽다는 것도 알고 있다. 그래서 식물세밀화가에 대한 이미지를 갖고 있는 이들을 만날 때마다 나는 사람들의 기대를 충족시켜줘야 할지 내 모습을 있는 그대로 보여줘 그 기대를 와장창 깨버려야 할지 고민이다.

지금부터 식물세밀화가 이소영에 대한 환상을 하나씩 깨뜨려보려 한다.

나는 그다지 섬세한 성격이 아니다. 오히려 얼렁뚱땅 넘기거나 덤벙거릴 때가 많다. 나는 휴대전화, 지갑, 열쇠를 자주 잃어버린다. 오래전 "사람은 각자 일정량의 세밀함을 가지고 있는데, 소영씨는 그 세밀함을 식물세

식물을 닮아가는 중

밀화 그리는 데 다 써서 평소에는 없는 거 아니에요?"라는 말을 들은 적이 있다. 그 말을 듣고 한동안 충격에 휩싸였다. 그래도 보통 사람이 갖고 있는 정도의 세밀함은 갖추었다고 생각했는데, 내가 어딜 봐서 그렇게 섬세하지 않다는 거지?

가족들도 비슷한 반응이다. 며칠 전에는 집에서 쉬고 있는데, 퇴근한 동생이 내 방에 들어오더니 내 지갑을 책상 위에 턱 올려놓는 것이었다. 어떻게 된 거냐고 물었더니 엘리베이터 앞에 지갑이 떨어져 있어서 보니 내 것이었다고. 지갑을 떨어뜨린지도 모르고 헬렐레 집으로 온 것이다. 동생은 "누나는 도대체 어떻게 세밀화를 그리는 거야"라는 말을 남기고 자기 방으로 가버렸다.

차를 어디에 세워두었는지 잊어버려 이튿날 지하주차장을 빙빙 돌며 차 키를 이리저리 눌러보는 일도 잦다. 산으로 출장을 갈 때는 산 아래 주차를 해놓고 혹시나 하는 마음에 주차한 위치의 GPS를 휴대전화에 기록해둔다. 이런 나의 행동을 본 사람들은 "소영씨 꼼꼼할 줄 알았는데 실망이에요"라고 장난치듯 말한다. 그러면 나는 대답한다. "할 수 없어요. 이게 나예요."

나는 성격이 매우 급하다. 그래서 내가 집중하고 있는 일을 빨리해야 한다는 조급함에 다른 일은 까맣게 잊거나 물건을 잃어버리기도 한다. 어렸을 때부터 그랬다. 약속이나 숙제가 있을 땐 미리 해놔야 마음이 편했다. 성격이 급해서 식물이 씨앗으로부터 뿌리와 줄기와 가지를 틔우고 꽃을 피우고 열매를 맺는 긴 과정을 어떻게 기다리고 기록하느냐고 질문한다면, 식물은 우리가 생각하는 것만큼 느리지 않다. 이를테면 2주 전 가지마다 흰 꽃을 가득 피웠던 돌배나무가 불과 일주일 만에 꽃잎을 모두 떨어뜨리고 연두색 잎으로 옷을 갈아입었다. 성격 급한 나도 예상하지 못한 속도다. 하마터면 꽃이 만개한 모습을 관찰하지 못할 뻔했다.

나의 이 조급한 마음은 식물을 더욱 자주 찾게 한다. 처음 식물세밀화를 그리기 시작했을 때는 식물이 개화하는 시기를 진득이 기다리지 못하고 '이때쯤이면 꽃이 피었겠지?' 하고 먼 거리를 달려 식물을 만나러 갔다. 그러면 식물은 아직 봉오리이고, 또 며칠을 조바심 내며 기다리다가 '지금쯤이면 꽃 피었겠지? 혹시 더 늦으면 다 지는 것 아냐?' 하고 다시 찾았다. 그래도 아직 꽃이 피기 전인 경우가 부지기수였다. 부지런을 떨다 보면 더 자주 식물을 찾게 되고, 그렇게 더 촘촘한 과정을 기록으로 남길 수 있었다.

앵도나무를 그려야 해서 개화를 기다린 적이 있다. 꽃이 필 때가 되어 '내일 꽃 보러 식물원 가야겠다' 생각하다가 마침 그날 시간이 남아 오늘 한번 가보자 하는 마음으로 찾아갔다. 만개한 꽃을 실컷 스케치하고 돌아왔는데, 이튿날 비가 많이 내려 꽃잎이 다 떨어져버렸다며 전날 오길 잘했다는 직원의 문자를 받았다. 식물원에 가는 것이 귀찮아 늦장을 부렸다면 앵도나무를 기록할 수 없었을 것이다.

급한 성격은 프리랜서로 작업을 이어가는 데 도움이 되기도 한다. 초기에는 작업 의뢰를 받으면 확인하는 즉시 답변을 보내 상대로부터 "빠른 답변 감사합니다"라는 메시지를 자주 받았다. 언젠가 한 큐레이터가 말하길, 연락이 오면 좀 천천히 답을 줘도 된다며 "고민하는 척하는 게 이쪽에서 일하는 데 도움이 될 수도 있어요" 했다. 그러나 나는 여전히 답변을 빨리 보내야 할 것 같은 압박감에 산으로 조사를 나가서도 메일함을 자꾸만

들춰본다. 나처럼 성격이 급한 상대와 일을 도모할 때는 하루에 메일을 수십 통씩 주고받은 적도 있다.

종종 강의를 하면 학생들로부터 "원래 그림을 잘 그리셨어요?"라는 질문을 받는다. 스스로 그림을 잘 그린다고는 생각해본 적 없다. 대학교 3학년 때 처음 식물세밀화를 그리기 전까지 그림을 제대로 배우거나 그려본 적도 없었다. 그저 그려보니 내가 그림을 그릴 줄 안다는 것을 알게 되었고, 그때를 시작으로 지금까지 이 일을 하게 되었다.

성격도 마찬가지다. 꼼꼼하고 세밀한 성격을 가진 사람이 식물세밀화를 그릴 수 있는 것이 아니라 식물세밀화를 그리다 보면 점차 그런 성격으로 변하기 쉬운 게 아닐까 생각한다. 나는 스스로 꽤 담대하고 단호한 성격이라고 생각해왔지만, 식물세밀화를 그리면서 작고 얇은 들풀과 꽃잎, 수술과 암술 같은 식물의 부위를 마주하면서 점점 매사에 조심스러운 성격으로 변해가고 있다.

하지만 과하게 조심스러워진 성격은 사람들에게 무언가를 부탁하는 것을 어려워하게 하고, 결국 일을 힘들게

식물을 닮아가는 중

만들기도 한다. 그려야 할 식물종이 정해지면 문헌을 뒤지거나 지인을 통해 자생지 위치를 알아내서 찾아가야한다. 보통 연구기관에서는 자생지 정보를 공개하지 않는다. 식물을 찾아가 훼손하는 사람들이 꼭 있기 때문이다. 이런 경우에는 해당 식물을 연구하는 연구자나 필드에서 사진을 찍는 야생화 사진가에게 자생지를 물어야한다. "동강할미꽃 자생지가 어디입니까?" 한마디 물으면 될 일을, 나는 굳이 논문을 찾고 발품을 팔아 혼자찾아내려고 애쓴다. 혼자 끙끙대다 알아내지 못하면 하는 수 없이 사람들에게 정보 제공을 부탁한다. 사람들에게 무언가를 부탁하는 일이 식물세밀화를 그리는 긴 과정에서 내가 가장 힘들어하는 일이다.

식물을 그리는 일 외에 그리면서 얻게 되는 관찰 결과와 식물 이야기를 글로 전하기도 한다. 나는 단어 하나, 말 한마디에 아주 조심스러워진다. SNS에 사진이나 짧은 글을 올릴 때도 검토하고 또 한다. 그래서 오디오 서비스로 식물 이야기를 처음 시작했을 땐 고민이 많았다. 글은 후에 수정할 수 있지만, 한번 뱉은 말은 되돌릴 수없으니까. 식물세밀화는 해당 식물의 형태를 관찰한 결과이기에, 내가 더 많은 자생지의 개체를 관찰하면 연구 결과도 바뀌고 갱신될 수 있다. 오히려 연구가 계속되어 결과가 달라지는 것이 더 정확한 결과로 나아가는 일이다. 이런 생각을 하면 내가 하려는 말이 옳은지, 지금 이 말을 해도 되는 건지 고민에 휩싸인다. 게다가 아직 우리나라에 식물세밀화의 개념이 널리 알려져 있지 않고, 식물세밀화가도 많지 않은 시점에 혹여나 내 언행이 식물세밀화가에 대한 편견으로 굳어지거나 후배들에게 피해를 주지는 않을까 하는 우려도 있다.

자기 검열은 식물세밀화를 그릴 때도 계속된다. 식물 자생지에 가서도 혹여나 내가 다른 식물들을 함부로 밟고 있지는 않은지, 나도 모르게 밟은 이 식물이 멸종위기식물이나 희귀식물 혹은 다른 연구자들이 모니터링하고 있는 특정 개체는 아닌지, 발견한 식물이 내가 그려야 할 식물이 확실한지…… 거듭 검토한다. 식물을 채집할 때, 산 아래로 이동할 때, 그리고 작업실에 갈 때까지 식물이 살아 있는지 수시로 채집 봉투를 열어 확인한다. 그렇게 식물을 데려와 현미경으로 관찰하고 그림을 그리면서도 내가 지금 보고 있는 렌즈 속 모습에 오류는

식물을 닮아가는 중

없는지 몇 개의 개체를 교차 관찰하면서 드로잉을 한다. 그렇게 다 그린 식물을 표본으로 만드느라 신문지 사이에 눌러두고도 한 시간에 한 번씩 신문지를 펴서 혹여나 접힌 부위는 없는지, 잘 눌렸는지, 내가 보지 않는 새 썩지는 않았는지 자꾸만 다시 확인한다.

이제는 지독한 검열 생활이 일상이 되었다. 식물세밀화가의 이미지 같은 건 없다고 외치고 싶지만, 나는 이 일을 하면서 점점 사람들이 상상하는 식물세밀화가로 변모해간다.

나의 복숭아

창백한 푸른 점

김사월

김사월
메모 같으면서도 시적인 노랫말을 쓰는 싱어송라이터. 포크 듀오
김사월×김해원으로 데뷔했다. 『사랑하는 미움들』을 썼고 2020년
세 번째 솔로 앨범 「헤븐」을 발표했다.

살기 위해 여러 운동을 전전하며 재미를 찾다 올해 초부터 필라테스를 시작했다. 예전의 일이지만 정보를 별로 찾아보지 않고 눈에 보이는 필라테스 학원에 멋모르고 등록한 적이 있는데, 첫 수업에서 선생님이 멜론 인기차트 1위부터 5위까지의 음악을 반복 재생하고 수업하는 바람에 마음속에 이상한 서먹함이 생겨서 3개월을 등록해두고 달랑 한두 번밖에 가지 못한 적이 있었다. 은근히 하기 싫은 일에 대해서는 도망칠 기회만 보이면 적극적으로 포기하며 살았었는데 지금은 다행히 꽤 잘 맞는 곳을 찾아서 즐겁게 운동하고 있다.

운동으로 몸이 '조져지는' 그 감각이 조금씩 쾌감으로

다가오기도 한다. 필라테스 선생님이 내 하체를 조지기로 결심한 날이면 나는 집 앞 신호등의 초록 불이 꺼지기 직전에야 간신히 횡단보도를 건널 수 있고, 복부를 조지면 그날은 웃거나 재채기를 할 때마다 깜짝깜짝 놀라게 된다. 그것이 즐거운 건 몸은 쓴 만큼 나름의 단련이 되고, 꼭 비례하진 않지만 아픈 만큼 강해진다는 것이 주는 안도감이 있기 때문이다. 어떤 동작을 잘 따라하기만 해도 들을 수 있는 "잘했어요"라는 필라테스 선생님의 말씀은 어른으로 살며 받을 수 있는 몇 안 되는 순수한 칭찬이다. 약 한 시간 동안 나의 몸과 움직임에만 집중해주는 이를 만날 수 있다는 것도 기분 좋은 일이다. 필라테스를 시작하고 나는 이 모든 장점을 한껏 즐기고 있다.

요즘 또 즐겨 하는 운동은 러닝이다. 목표 시간과 장소 이외에는 정해둔 것 없이 집 주변 공원을 자유롭게 달린다. 모자를 눌러쓰고 바른 자세로 헉헉 달리다 보면 몸과 마음이 청소되는 느낌이 든다. 러닝이야말로 돈이 들지 않는 운동이지만 그럴수록 장비를 갖추는 재미가 있다. 예쁘고 편한 스포츠 브라, 마음에 드는 레깅스를 입고 애플 워치와 블루투스 이어폰을 챙긴다. 이렇게 운동하면 꼭 전문적이고 중요한 사람이 된 것 같은 기분이 든다. '유능한 모습으로 러닝에 집중하는 나'에 취해서 운동을 한 번이라도 더 한다면 그게 낫다. 어쩌면 좋은 기분이 드는 것 이상으로 인생에서 중요한 것은 별로 없는지도 모른다.

바쁘고 피곤할 것으로 예상되는 날에는 아침에 10분이라도 짧게 요가를 하면 하루를 조금 더 버틸 수 있게 하는 힘이 생긴다. 숨을 쉬고 있구나. 내쉬고 있구나. 내 몸의 촉감은 이렇구나 하고 새삼 느끼는 것이다. 이렇게 운동에 대해 이야기하다 보면 내가 그다지 운동 신경이 좋지도 않으면서 운동을 좋아하는 사람이라는 걸 금세 알아차릴 수 있을 것이다. 내가 움직이는 것에 집착하는 이유를 단순하게 밝히자면 살기 위해서다. 운동을 꾸준히 하면 살아가기 위한 체력이 좋아지니까. 그러나 더욱 절실하게 내가 운동을 하지 않으면 안 되는 이유는 따로 있다. 그건 생각과 걱정이 너무너무 많기 때문이다.

잠들기 전이면 내일 해야 할 일부터 먼 미래의 걱정까지 전부 밀려와 불면증 약을 먹어온 경험 정도는 가뿐하게 있고, 약을 먹어도 새벽 네다섯 시까지 생각이 멈추지 않아 부스럭거리다가 '이럴 거면 차라리 일이나 하자!' 하고 생활리듬을 박살 내며 살아온 시절이 있었다. 우울함이나 불면증을 경험하면서도 일상생활에 큰 지장이 없는 사람이 있는데 나 역시 비슷한 상황이었다. 그런데 뭐라도 해야겠어서 새벽에 만든 노래가 모여서 한 장의 앨범이 되고, 이렇게 인디 가수 활동을 하면서 살게 될 줄이야. 물론 앨범을 만들면서도 좋지 않은 생활리듬은 바뀌지 않았고 그 상태를 반복하며 일을 했지만 겉으로는 잘 지내는 사람이라 문제 될 것은 없어 보였던 것 같다. 마음이 괴로워도 웃으며 무대에 올라 공연할 수 있고 작업도 나름 꾸역꾸역 해내니 내가 봐도 내 상황이 좋아 보여서 외롭다거나 힘들다거나 하는 감정을 꺼내기가 점점 어려워졌다. 불안을 땔감으로 일하는 것도 버거워지고 이러다 번아웃이 오는 건 아닐까 싶을 때쯤에서야 살기 위해 어기적어기적 시작한 것이 운동이었다.

＊

　어느 피곤한 오후였다. 인스타그램을 뒤적이다 이슬
아 작가님 계정에 올라온 영상을 봤다. 작가님은 집 안
의 한 공간을 운동을 위해 꾸민 듯, 타임 랩스를 켜놓고
근력 운동을 하고 있었다. 글귀는 이러했다. "마감이 급
할수록 몸을 푼다." 매일 마감을 하고 부지런하게 하루
를 살아가는 그에게 운동은 일상적인 일과일지 모르지
만, 성냥을 태우듯 스스로 소진시키는 식으로 더는 일하
고 싶지 않다는 마음에 어떻게든 루틴을 만들어보려고
허덕이던 나에게는 참으로 자극이 되고 필요를 채워주
는 말이었다. 어쩌면 몸과 마음과 이것저것으로 이루어
져 있는 나 자신을 정신적으로만 움직이려 했던 건 아닐
까 깨닫고 나니, 몸을 움직여야 하는 이유를 찾은 기분
이었다.

　한 가지 더 우스운 계기가 있다. 모두가 견뎌온 2020년
이 끝나고, 각박한 세상에 지친 친구들이 희망을 찾으려
신년 사주를 보기 시작했다. 마침 동료 뮤지션 K가 사주
를 보는 부업을 하고 있었는데 꽤 잘 맞고 재미있다고

친구들 사이에서 인기를 끌었다. 한 시간 동안 메신저로 연락을 주고받으며 사주 풀이를 해주고 궁금한 것을 물어보는 식이었다. 특이하게도 그는 음악가라는 특수성에 맞게 사주를 응용 해석해주는 능력을 지니고 있었는데, 예를 들면 당신의 타고난 기운이 이러하니 앞으로 어떤 장르와 분야가 길하다거나, 어느 지방이나 해외로 공연을 다니면 좋겠다는 등 각자의 상황에 맞게 현실적인 조언을 해준다는 것이었다. 심지어 앨범 발매 길일도 잡아준다는 이야기에 호기심이 생겨 나도 K에게 사주 풀이를 부탁했다. 메신저에서 간단한 인사를 나누고 나의 사주를 설명하기 시작하는 그의 어투에서 조금은 차분한 기운이 느껴졌다. 가볍지 않은 분위기 속에서 '아 참, 내가 대박 사주는 아니었지' 하는 기억이 스멀스멀 떠올랐다. 스무 살 때 사주 카페에서 재미로 봤던 내 운명은 좀 평범했던가? 아니 어찌 보면 중간도 못 가는 사주였던 것 같은데…… 굉장히 안 좋은 건가? 갑자기 몸이 긴장되는 것을 느꼈다.

누군가는 타오르는 기운을 가진 자신을 발산해야만 살길을 찾을 것이고 누군가는 너무 꼿꼿해서 부러지지 않도록 스스로를 부드럽게 만들며 살아야 할 테지. 오행 중 너는 물이다, 누구는 나무다 하는 이야기가 이제야 들리는 것은 인생을 조금은 살아보고 나니 공감이 되는 것이었던가. 나로 말할 것 같으면 흙이 많아서 그걸 계속 털고 피하면서 살아야 하는 운명이었다. 흙이라는 물성은 안정적이고 편안한 것을 의미하지만, 너무 많으면 삶이 복잡해지고 무거워지는 것을 의미한다. 한 사람으로서, 음악가로서 우여곡절을 지나 건강한 마음을 바라는 사람이 겨우 됐는데 다시금 나의 보잘것없는 운명을 공식 인증받고 나니 마치 저주받은 삶처럼 느껴졌다. 잠깐, 이렇게 느끼는 것도 내가 흙이 많아서인가?

사주 풀이가 뭐라고 당장이라도 눈물이 쏟아질 것 같은 마음이 되어 K가 이야기해준 몇 가지 조언과 스스로 다짐한 것들을 정리했다. 첫째, 생각을 너무 많이 하지 말고 육체 위주로 움직이며 살자. 둘째, 사람들과 협업하되 누군가를 너무 믿거나 의존하지 말자. 마지막으로 외로움을 받아들이되 스스로를 제발 좀 믿어주어라. K는 거듭 혼자 방에 오래 있지 말고 가급적 나가서 걷고 많은 걸 보고 느끼라고 조언했고 그렇게 약속한 사주 풀이 시간이 끝났다. 운명이 너무 가혹한 건 아닌가 싶어서 풀이 죽어 있는데 이미 내가 신경 쓰고 잘하고 있는 것들 아니냐고 친구들이 위로해주었다. 너희는 더 좋은 오행을 타고났기에 나를 위로할 수 있는 거 아니냐고 속으로 질투했다. 이렇게 쓸데없이 창의적일 정도로 내 머릿속은 별의별 생각으로 가득하다.

　나의 걱정과 생각 많음을 보완하기 위해서 의식적으로 매일 일기를 쓰고 몸을 움직이며 살기 시작했다. 하지만 이런 기질은 없애거나 대폭 줄이기가 쉽지 않은 모양이다. 무대에서 가사를 쉽게 잊지 않는 나의 큰 장점마저 세월이 흐르면서 점점 희미해지고 공연 전에는 시험 공부를 벼락치기하듯이 가사를 외워야 한다. 손에 볼펜을 쥐고 내가 쓴 가사를 필사하며 나는 분명 알츠하이머 걸릴 거라는 확신이 든다. 단어를 기억하는 데 점점 시간이 오래 걸리고 "반갑습니다"를 "고맙습니다"로 헷갈려서 말할 때부터 알았다. 서서히 기타도 칠 수 없게 되겠지. 다소 제정신일 때 유언장을 써두고 팬분들께도 마지막 편지를 써야겠다. 행복했던 내 모습만 기억해달라고 쓰고 은퇴해야겠다. 유작 앨범은 누구에게 맡기지? 저번에 대전에 갔을 때 강과 잔디가 아름다운 동네에 요양병원이 있던데 거기를 알아봐야겠다. 여기까지 생각이 미쳐야 겨우 멈추고 스스로를 달래준다. "그냥…… 나이 먹은 거야……."

잡생각이 많아 비틀비틀 걸으면서도 고집은 세서 멈추지 않았던 탓에 어느덧 정규 앨범을 세 장 가진 인디 중견 가수가 되었다. 만들 때는 이렇게 오래도록 부르게 되리라 생각도 못했다. 짧게는 1년, 길게는 6년도 넘은 노랫말들을 발음해보며 왜 이리 아픈 말을 많이 써넣었을까 새삼 생각한다. 어떤 날은 잠이 안 와서, 술에 취한 밤에, 또 어떤 날은 외로운 마음을 풀고 싶어서 가사로 투정을 부렸던 흔적들이 내 눈에는 보인다. 당시 최선을 다했지만 그때보다 조금 어른이 되었다고 믿는 지금의 나는 그때 쓴 가사를 공연 때마다 입에 올리며 조금 민망하고 약간 쓸쓸해진다. 불안을 원료 삼아 나아가고 무언가를 이루어내면 그것이 내 몫이 아니라는 생각에 다시 생각이 많아지는, 너무나 벗어나고 싶었던 불안이 사실은 지금의 나를 만들어준 원동력이라는 걸 알기에 나의 불안이 외롭고 서럽게 느껴졌다.

창백한 푸른 점

하지만 노래는 이미 쓰여진 이야기이고 그건 그 나름의 의미가 있다. 지금의 방식으로 노래한다면 또 다른 즐거움이 있을 것이다. 그리고 적당히 잘하고 어느 정도 부족한 지금도 편안하고 인간미 있지 않나? 내 안의 양육자가 스스로를 다그치려다 다정한 훈육의 아이콘 오은영 박사님을 상상하며 가까스로 위로를 건네본다. 걱정은 여전하지만 이 정도로 내 마음을 수습할 수 있는 힘은 분명히 필라테스와 요가와 러닝에서 얻은 몸의 기운에서 나오는 것이리라.

이렇듯 운동을 시작한 이후 나의 평균적인 사고는 습관적으로 자신을 미워했다가 "그러지 말고 스스로를 싫어하지도, 자만하지도 않는 선에서 적당히 협의합시다"의 교통정리 과정을 거치고 출력된다. 끊임없이 스스로를 의심하고 번민하는 기질 덕분에 짧다면 짧고 길다면 긴 지금까지의 인생을 살며 나는 굳이 알지 않아도 되었을 수많은 나의 단점과 약점을 발굴하고 발명해냈다. 그러면서 누가 시키지도 않았는데 정신적인 맷집을 스스로 길러온 건 어디선가 나를 향한 비난이 들어왔을 때 변명 비슷한 반박을 하고 싶었기 때문인 것 같다. "나도

나의 복숭아

내가 별로인 인간인 거 알아." 참 공허한 그 말과 생각조차 멋없다는 생각을 하게 되고 나니 자신을 싫어하는 내 모습이 싫어서 부정의 부정을 거듭하며 뒷걸음질치다 엉겁결에 자신을 사랑하게 되었다는, 어이없는 트위터 농담 같은 인생을 사는 사람이 여기 있다.

예전에는 왜 그렇게 아팠을까. 그래도 그런 나를 미워하지는 말자. 왜는 없다. 그때는 그냥 그랬던 것뿐. 마음이 불안하면 K의 말대로 억지로라도 생각을 중단하고 그냥 무작정 몸을 움직이려고 노력한다. 집안일을 하고 산책을 하며 뭐든 많이 보고 몸을 써서 매일 돋아나는 잡초 같은 생각들을 뽑아내고 무시한다. 그러다 문득 그냥 덜어내며 사는 사람 그 자체가 되어도 좋겠다고 생각했다.

2021년 3월 7일
오늘은 세상 사람들이 다 쓸쓸해 보이네요
혼자 되기 싫어서 노력하는 건가 싶기도 하고요
자신의 존재를 알려서 도움받고 싶어하는 것처럼도 보여요
분홍색 치마를 입고 머리에 리본을 달고 나온 여자가

남자와 슬프고도 냉랭한 표정으로 서 있는 것을 보았어요

커피집을 찾아 헤매는 동안 저처럼 정처 없이 걷는 어떤

여자와 세 번이나 마주쳤어요

을지로와 충무로의 낡은 상가에 들어온 요즘 스타일의 커

피숍에는 사람들이 아주 많아요

저는 넓고 적당해 보이는 아무 카페에나 들어와서 이런 편

지 비슷한 일기를 쓰는 것이죠

오늘 약속은 취소될 것 같아요

그럼 저는 합정으로 넘어가서 혼자 술을 마실까 해요

그게 내키지 않으면 집에서 작업을 해도 좋겠고요

어젯밤에는 내가 상상하고 꿈꾸는 삶을 생각했어요

제가 좋아하는 모습으로 집을 꾸며놓고 방에서 음악을 만

들고 있겠죠, 글도 쓰면서요

그 이후는 어떨까요

사실 저의 불안의 원천은 홀로 아파하며 죽어가는 것이라

는 걸 알고 있나요

그것만은 싫어서 어떻게든 악쓰고 욕심부리며 살고 있는

거예요

그런데 어떻게 죽음과 외롭지 않게 만날 수 있을까요

나의 복숭아

그건 누가 만들거나 막을 수 없는 일이죠

그럴 수도 없으면서 바라는 대로만 인생이 흘러가기를 원

했던 건 아닌지

생각하지도 못한 일이 생기는 것은

당황스럽기도 하지만

반대로 더 단순하고 즐거운 행복이 올 수도 있으니까요

그래서 말이죠, 지금 생각하는 막연한 삶은

혼자이든 누구와 함께하든

운동을 꾸준히 하고

채소를 많이 먹고

좋고 예쁜 것을 자주 보고 들으며

가끔은 나도 그런 걸 만들어보기도 하는

그런 삶을 사는 사람이 되고 싶어요

*

필라테스에 도착해서 스트레칭을 하고 나면 선생님은
"오늘 컨디션은 어때요?"라고 묻는다. 보통은 내가 어
디가 뭉쳤다거나 피곤하다고 엄살을 부리면 그 부위를

중심으로 근육을 풀고 단련하곤 한다. 어떤 때는 대답하기 힘들 정도로 괴롭고 울적한 날도 있다. 내 사정을 모두 설명하긴 어렵고 선생님에게 그 마음을 꼭 구체적으로 말할 필요도 없다는 생각에 "스트레스를 많이 받았어요"라고만 대답한 적이 있었다. 말하면서 나의 고단한 마음과 번민을 이렇게 간단한 문장으로 줄일 수 있다는 것이 새삼 놀라웠다. 내 이야기를 들은 선생님은 자신의 휴대전화 잠금 화면을 보여주며 말했다.

"회원님, 혹시 '창백한 푸른 점'*이라고 아세요? 우주에서 지구를 보면 이렇게 작고 보잘것없는 점에 불과하

● 창백한 푸른 점Pale Blue Dot은 보이저 1호가 촬영한 지구의 사진을 부르는 말이다.
"저 작은 픽셀의 한쪽 구석에서 온 사람들이 같은 픽셀의 다른 쪽에 있는, 겉모습이 거의 분간도 안 되는 사람들에게 저지른 셀 수 없는 만행을 생각해보십시오. 얼마나 잦은 오해가 있었는지, 얼마나 서로를 죽이려고 했는지, 그리고 그런 그들의 증오가 얼마나 강했는지 생각해보십시오. 위대한 척하는 우리의 몸짓, 스스로 중요한 존재라고 생각하는 우리의 믿음, 우리가 우주에서 특별한 위치를 차지하고 있다는 망상은 저 창백한 파란 불빛 하나만 봐도 그 근거를 잃습니다. 우리가 사는 지구는 우리를 둘러싼 거대한 우주의 암흑 속에 있는 외로운 하나의 점입니다. 그 광대한 우주 속에서 우리가 얼마나 보잘것없는 존재인지 안다면, 우리가 스스로를 파멸시킨다 해도 우리를 구원해줄 도움이 외부에서 올 수 없다는 사실을 깨닫게 됩니다."(칼 세이건이 창백한 푸른 점에 대해 기록한 문장 중에서)

대요. 우리가 고민하고 걱정하는 것도 어떻게 생각하면 참 작은 일인지도 모르겠어요.”

그날은 생각보다 잘 집중해서 운동을 끝냈고 옷을 갈아입고 집에 가는 길에는 고맙고 행복한 에너지까지 느꼈다. 선생님이 하루에도 수십 번씩 습관적으로 바라볼 휴대전화 배경화면으로 푸른 점을 설정해두고 있다는 사실에 오히려 더 위안을 받았는지도 모르겠지만.

어느 날 수업을 마친 선생님이 나에게 말했다. “회원님은 그게 장점인 것 같아요.” 장점이라니, 벌써 어떻게 받아들여야 할지 긴장되기 시작했다. “회원님은 유연하세요.” 아뇨, 제가 얼마나 뻣뻣한데…… “시작할 때는 몸이 많이 틀어져 있는데 하루 운동을 다 끝내고 나면 균형이 무척 좋아져요. 물론 그다음 운동 올 때 다시 굳어 있긴 하지만, 운동이나 상황에 적응이 빠르다고 할까요? 꾸준히 운동해주시면 좋을 것 같아요.”

칭찬이 부끄러워서 우물쭈물하며 받았지만 이상하게도 유연성이 좋다는 그 말은 힘들 때마다 나에게 위로가 되었다. 나무가 되지 못한 갈대처럼 흐느적거리며 다행히 아직까지는 부러지지 않았다. 대쪽 같은 믿음이 있어서 버티는 게 아니고 어쩔 줄 몰라서 이리저리 번민하다가 살아남고 강해진 사람. 그런 내가 이제는 조금 마음에 들었다.

기억에 눈이 부셔서

금정연

금정연

서평을 쓰지 않는 서평가. 말랑말랑한 물복숭아를 좋아한다. 『서서비행』『난폭한 독서』『실패를 모르는 멋진 문장들』『아무튼, 택시』『담배와 영화』를 썼고 『문학의 기쁨』 등을 함께 썼다.

날씨

나는 날씨에 따라 사는 것 같다. 업과 다운을 반복하면서. 맑은 날에는 그늘 찾고 흐린 날이면 짜증 난다. 비가 내리는 동안에는 거의 죽어 있다…….

어제는 비가 왔다. 오늘도 비가 온다. 내일은 비가 올까? 최근에는 유독 비가 자주 내렸다. 덕분에 원고를 별로 쓰지 못했다. 내일도 비가 온다면 나는 죽은 작가나 다름없을 것이다. 분노한 편집자의 손에 진짜로 죽을 수도 있고.

한때 나는 해가 뜨면 해가 떠서 좋고 비가 오면 비가

기억에 눈이 부셔서

와서 좋으며 눈이 내리면 눈이 내려서 짱 좋은 청소년이
었다. 어느 여름, 비가 새서 축축하게 젖은 천장에 매달
려 있던 형광등이 무게를 이기지 못하고 잠든 내 옆으로
떨어졌다. 하, 정말 죽을 뻔했네. 산산조각 난 형광등을
바라보며 생각했다. 안 죽었으니 다행이지 뭐야…… 그
러고 다시 잠을 청했다. (지금 생각하면 이것도 정상은 아
닌 것 같다.)

　언제부터 날씨가 내 삶에 이렇게 큰 영향을 끼치게 된
건지 모르겠다. 오랫동안 내게 날씨란 어색한 침묵을 깨
고 본격적인 이야기를 시작하기 전에 잠깐 언급하고 지
나가는 연결고리, 우리 안의 소리…… 같은 느낌이었는
데. 말하자면 그 속에 있고 그것에 대해 이야기하지만,
생각만큼 대수롭게 여기지는 않는?

　내 트위터 계정에서 '날씨'라는 키워드를 검색해봤다.
처음 날씨를 언급한 건 2012년 8월 21일의 트윗이다.

　단지 인공적으로 조성된 업무 환경에 노출되지 않는다는
　사실만으로도 몸이 이렇게 날씨의 영향을 받는데 산속에
　살면 어떨까?

나의 복숭아

그때 나는 직장을 그만둔 지 2년 조금 넘은 프리랜서였다. 직장을 다니던 시절에도 날씨의 영향을 받긴 했다. 비 오는 출퇴근길 만원 지하철의 축축한 공기 속에서 영혼까지 질식되는 느낌에 시달리고, 한여름 땡볕을 맞으며 식당까지 갈 엄두가 나지 않아 점심을 거르기 일쑤였다. 영하의 날씨에 발을 동동 구르며 하얀 입김과 함께 담배 연기를 내뿜는 건 좋았지만 그때의 날씨란 내게 일을 하러 가거나 중간에 잠깐 쉬거나 끝내고 돌아오는 길에 감내해야 하는 부차적인 것, 잠깐의 불편에 가까웠다. 내 이름은 온온슨, (일정한 조도와 온도와 습도를 유지하는) 사무실에서 일하죠…… (일정한 조도와 온도와 습도를 유지하는) 좁은 케이지에서 하루에 두 번씩 알을 낳는 닭처럼.

마침내 회사를 그만둔 나는 『마당을 나온 암탉』의 주인공 잎싹처럼 나를 둘러싼 굴레를 박차고 나와 세상에 맨몸으로 부딪히며 진정으로 중요한 게 무엇인지 깨닫고, 그것을 위해 스스로를 희생하는 주체적인 인물이 되지는 않고…… 방구석에 틀어박혀 밤낮없이 글을 써서 납품하는 프리랜서 원고 노동자가 되었다.

기억에 눈이 부셔서

늘 앉아 있거나 누워 있고 날씨의 영향을 크게 받는다는 점에서 원고 노동자는 식물을 닮았다. 경제적인 측면에서 보자면 더더욱…….

이후로도 날씨에 대한 트윗은 1년에 한두 번씩 잊을 만하면 올라왔다.

날씨가 내게 엿을 먹이고 있다 • 2013년 3월 22일
짜증 나고 무기력하며 아무것도 하기 싫을 때 대기 좋은 핑계 1. 날씨 2. 야구 • 2013년 4월 12일
다 죽여버리고 나도 죽고 싶은 날씨다 • 2014년 7월 14일
회사에 다니지 않게 되면서 정말 뼈저리게 느낀 건 기분=날씨라는 사실. 그래도 오늘은 좀 낫다 • 2015년 4월 7일
기분=날씨 • 2016년 8월 26일
날씨보다 중요한 게 뭔지 모르겠네 • 2017년 3월 21일
날씨가 기분이고 세상이네 • 2018년 4월 4일
날씨 이즈 에브리씽 • 2019년 4월 10일

날씨가 모든 것이라는 말은 롤랑 바르트에게서 훔쳤다. 날씨에 무척 민감했던 바르트는 콜레주 드 프랑스에

나의 복숭아

서 열린 마지막 해의 강의에서 날씨는 삶과 기억의 본질과도 같다고 말한다. 날씨는 우리를 소통하게 해주고 접촉하게 해주는 일종의 공백 상태, 무의미라고 할 수 있지만 바로 그렇기 때문에 그 안에는 말로 표현할 수 없는 섬세한 뉘앙스가 담길 수 있다나 뭐라나. 다시 말하면 섬세한 뉘앙스를 만드는 건 바로 날씨일 수 있다.

매일 똑같은 날씨가 이어진다면 우리는 그날들을 좀처럼 구분하지 못할 것이다. 날씨가 없다면 삶도 없다. 극단적으로 말하면…….

2019년 이후 날씨 트윗이 뜸해진 건 아기가 태어나서다. 아기와 함께 생활하며 아내와 나는 바깥출입을 자제하고 집 안의 온도와 습도와 조도를 일정하게 유지하기 위해 주의를 기울였다. 남의 아이 빨리 자라는 것만 알았지 내 아이는 더 빨리 자란다는 걸 전에는 몰랐다. 어느덧 28개월이 지난 아이는 요즘 하루에도 수십 번씩 내게 IPTV를 바꾸고 사은품으로 받은 인공지능 스피커에 대고 오늘 날씨를 물어보라고 조르고, 그때마다 나는 "헤이 클로버, 오늘 날씨 어때?"라고 묻는다. 오늘 날씨를 말씀드릴게요, 백석1동 현재 기온은…… 클로버가 대답하면 아이는 나를 보며 말한다. "그렇대."

야구

무서움. 야구에 관해 말할 때는 무서움에서 시작해야 한다, 라고 전설적인 야구기자 레너드 코펫은 말했다.

2021년 5월 18일 LG 트윈스 대 NC 다이노스의 시즌 두 번째 맞대결. 1대 0으로 앞선 9회초 마운드에 오른 트윈스의 마무리 고우석의 눈은 떨리고 있었다. 전날 삼성 라이온즈와의 경기에서 정확히 같은 상황에 경기를 끝내러 올라왔다가 볼넷 한 개와 피안타 세 개를 내주고 3실점하며 블론세이브를 기록했기 때문이다. 경기를 보고 있는 팬들 역시 긴장하긴 마찬가지였다. 그들의 머릿속에는 어제 경기의 잔상뿐 아니라 이번 시즌은 다르다! 선언하듯 호기롭게 시작했지만 연이은 역전패와 함께 추락했던 지난 'DTD'(down team is down, 내려갈 팀은 내려간다)의 기억들이 남아 있기 때문이다. 적지 않은 시간이 흐른 지금까지도 지나치게 생생하게…… 선두타자 양의지가 초구를 노려 좌익수 앞에 떨어지는 안타를 만들자 긴장감은 더욱 고조되었다. 솔직히 말하면, 나는 거의 울 뻔했다.

황금기에 어떤 팀의 팬이 되는 건 자연스럽다. 과도기에도 그럴 수 있다. 그런데 10년의 암흑기 동안에도 변함없이 같은 팀을 응원하는 것은, 아니 욕을 하는 것은—그러니까 응원하는 것은 대체 무슨 심리라고 해야 할까?

2014년 6월 3일, 11년 만의 포스트시즌 진출에 성공하며 팬들을 열광시켰던 지난 시즌은 잊어달라는 듯 개막과 동시에 꼴찌를 달리며 그럼 그렇지, 혀를 절로 차게 만드는 팀의 팬으로 산다는 것에 대해 써달라는 다소 가학적인 요청을 받았다. 다음은 『아이즈』에 실린 나의 답이다.

누군가 내게 지금까지 해본 가장 용감한 일이 무엇이냐고 묻는다면 나는 조금도 망설이지 않고 "어제저녁에도 야구를 본 거"라고 대답할 것이다. 하지만 용기만으로 버티기엔 10년(6-6-6-8-5-8-7-6-6-7)은 너무 긴 세월이다. 나

기억에 눈이 부셔서

도 내가 왜 그렇게 LG를 응원했는지 모르겠다. 아마 정신이 조금 나갔던 모양이다. 안타까운 건, 한번 나간 정신은 좀처럼 돌아오지 않는다는 사실이다. 나도, LG도 모두 마찬가지다.

물론 지난 시즌은 달랐다. 11년 만의 가을야구에 우리 모두 울었다. 하지만 지금 생각하면 그 또한 단지 "추진력을 얻기 위함"이었던 게 아닌가 싶다. 이 보 후퇴를 위한 일보 전진. 그리하여 올 시즌, 감독 자진 사퇴라는 시련을 겪은 LG는 가장 낮은 자리에 임하며 "LG는 사랑입니다"라는 슬로건을 몸소 실천하고 있는 중이다. 자기 자신보다 다른 팀을 먼저 생각하는, 진정한 박애다. 내가 지금 너무 나쁘게 말하는 건가? 하지만 LG도 내게 그리 잘하는 것 같진 않다. 지난 3월 8일 오후 1시, 프로야구 시범경기 개막에 맞춰 결혼한 나는 남부럽지 않은 경기 시간을 자랑하는 나의 팀 덕분에 '저녁이 없는' 신혼을 보내는 중이다. 이닝이 거듭될수록 조금씩 시들어가다 마침내 하얗게 타버리는 신랑을 바라보는 신부의 마음에 대해서는 말하지 않겠다. 대신 나는 이렇게 말해야겠다. 배우자로서 LG 팬이 최고라는 말은 거짓말이고, LG를 말할 때는 깊은 '빡침'에서

나의 복숭아

시작해야 한다고. 아직도 분이 풀리지 않는다.

아마 다른 팀의 팬들 역시 비슷비슷한 마음이지 싶다. 어떤 팀을 오랫동안 응원하는 일은 통계적으로 봤을 때 승리의 기쁨을 함께 누리기보다는 패배의 아픔을 혼자 곱씹는 쪽으로 수렴하게 마련이니까. 기쁨은 나누면 배가 된다고 했던가? 패배의 아픔은 나뉘지 않고 사라지지도 않는다, 절대로…….

물론 여기에 어떤 보상도 없다고 말하면 거짓말일 것이다. 위의 글을 쓰고 채 2주가 지나기도 전에 탈꼴찌에 성공한 트윈스는 야금야금 승수를 쌓으며 7위에 올라 팬들의 마음을 설레게 하더니(장담하는데 세상에 야구 팬보다 더 쉽게 설레는 부류의 사람은 없다, LG 팬이라면 더더욱……) 이후 거짓말 같은 위닝시리즈를 이어가며 최종 4위를 차지했다. 기적적으로, 아니 기적 그 자체로. 그리고 시즌 마지막까지 자리를 지켜내며 2년 연속 플레이오프 진출에 성공한다. 그래, 이게 바로 야구지! 이런 야구를 실제로 본 건 나도 처음이긴 하지만.

기억에 눈이 부셔서

아이와 함께하는 삶의 오만 가지 장점 중 하나는 야구를 볼 시간이 없다는 것이다. 여전히 매일 밤 경기 결과를 확인하고 (이긴 날만) 하이라이트를 챙겨 보며 일희일비하지만 그뿐이다. 야구를 보며 탕진할 인생의 시간이 더는 내게 남아 있지 않은 것이다. 생각해보라. 한 경기에 3시간씩(실제 경기 시간은 좀 더 길다, LG 경기는 더더욱……) 한 시즌 144경기를 모두 본다고 치면 432시간, 1년에 18일을 허공에 날려버리는 셈이다. 18……일을 말이다.

2021 시즌을 앞두고 많은 전문가가 LG 트윈스를 우승 후보로 손꼽았다. 지난 시즌 막바지 어처구니없는 경기 운영으로 다 잡은 2위를 놓치고 4위로 마무리했지만, 크고 작은 전력 유출이 있는 상위권 팀들과 달리 비교적 단도리를 잘했다는 게 이유였다.

과연. 5월 18일 NC 다이노스전에서 첫 타자 양의지를 내보낸 고우석은 이어지는 타자들을 범타 처리하며 한 점 차 승리를 지켜냈다. 전날 경기와는 달랐고, 지난 십수 년의 시즌과도 달랐다. 언제나 설렐 준비를 하고 있는 LG 팬의 눈엔 그렇게 보였다, 적어도 그 순간에

나의 복숭아

는…….

　이튿날도 승리를 거두며 2799일 만에 단독 1위에 오른 LG는 3차전을 가볍게 내주고 하루 만에 2위로 내려오지만 이게 어디인가? 한번 올라가기가 어렵지 다시 올라가는 건 식은 죽 먹기다! 하는 팬들의 설레발과 함께 의기양양하게 인천 원정을 떠난 LG는, SSG 랜더스와의 3연전 첫 번째 경기에서 8회까지 4 대 2로 끌려가다가, 9회초 이천웅의 동점 투런 홈런과 김현수의 백투백 홈런으로 순식간에 역전에 성공한다. LG 트윈스 우승! LG 트윈스 우승!

　이제 승리까지 남은 아웃카운트는 단 세 개. 9회말 사흘 만에 등판한 마무리 고우석이 선두타자 최정을 중견수 뜬공으로 처리한다. 담장 바로 앞까지 날아가는 커다란 타구였다. 1아웃. 다음 타자 로맥에게 3루수 옆을 아슬아슬하게 스치는 안타를 맞은 고우석은 이번에는 대타 추신수에게 1루수 옆을 스치는 안타를 맞는다. 1사 주자 1, 3루. 고우석이 다음 타자 한유섬에게 8구 승부 끝에 볼넷을 내주며 베이스가 모두 채워진다. 짧은 안타 하나면 경기가 끝나는 결정적인 순간. 하지만 고우석은

기억에 눈이 부셔서

안타를 맞지 않는다. 대신 다음 타자 박성한을 밀어내기 볼넷으로 내보내며 경기는 다시 5 대 5 원점이 된다.

나는 소파에 앉아 있다. 입술을 꼭 깨문 채, 부들부들 떨리는 손으로 휴대전화를 붙잡고. 아내가 아이를 재우러 들어간 사이 스코어를 확인하려던 것뿐인데. 하필 그때 이천웅이 동점 홈런을 쳤고 놀란 입이 다물어지기도 전에 김현수가 연속 홈런을 치는 바람에 못 볼 꼴을 보고 만 것이다. 다시 생각하니 역전 홈런을 치는 순간 이미 좀 불안했던 것 같기도 하다. 야구를 가리켜 가장 인생을 닮은 게임이라고 했던가? 아, 그래서 이렇게 기시감이 드는구나…….

그래도 여기까지는 이해할 수 있다. 나도 벌써 30년 넘게 LG를 응원하며 볼 꼴 못 볼 꼴 다 봤다. 이 정도는 비통하지만 기가 찰 정도는 아니다.

내가 정말 참을 수 없는 건 그다음이다. 이재원의 타석. 평범한 땅볼을 3루수 문보경이 잡고 베이스를 밟아 2루 주자 한유섬이 포스아웃되었다. 2아웃. 문보경이 곧바로 홈으로 송구했고, 3루 주자였던 추신수가 런다운에 걸렸다. 더블아웃으로 이닝 종료를 코앞에 둔 상황.

나의 복숭아

많은 이가 안도의 한숨을 내쉬며 그래도 선방했네, 연장에서 역전하자 생각하던 그때, 손에 공을 들고 추신수를 3루로 몰고 가던 유강남이 문득 기발한 아이디어를 떠올린다. 정확히 모르겠지만, 아마 추신수는 잡은 거나 마찬가지니까 새로운 사냥감을 찾자! 같은 생각이 아니었을까? 실제로 유강남은 추신수 대신 이미 아웃된 상태에서 3루 베이스를 밟고 서 있던 한유섬에게 달려들었고, 깜짝 놀란 한유섬이 2루로 도망치자 그 뒤를 쫓기 시작했다. 그러는 사이 관심에서 멀어진 추신수가 조금 멋쩍은 얼굴로 프로 정신을 발휘해 홈을 밟으며 경기는 끝이 났다.

이 상황이 이해되지 않는다면 그건 전적으로 내 탓이다. 하지만 경기를 실시간으로 보고 있던 나도 이해되지 않기는 마찬가지였다. 다행히 포털 사이트에서 해당 장면을 다시 볼 수 있다. 영상 제목은 다음과 같다. "'세계 최초 술래잡기 끝내기!' 역대급 황당 장면 갱신!"

아직도 LG 트윈스의 야구에 내가 못 본 '최초'의 '황당 장면'이 남아 있었다고? 나는 고개가 절로 숙여짐을 느낀다. 지나치게 익은 벼처럼……

기억에 눈이 부셔서

이후 LG 트윈스는 SSG와의 남은 두 경기를 모두 어이없이 내주며 6위로 주저앉았다. 다음은 어딜까? 업? 다운? 모르긴 해도 어쩐지 익숙한 알파벳 세 개가 어른거리는 느낌이다. 하지만 누굴 탓하겠는가? 아무도 내게 LG 트윈스를 응원하라고 강요하지 않았다. 스스로 불러온 재앙이란 말은 이럴 때 쓰는 것이다.

밤

밤을 새우면 심장에 무리가 가서 수명이 줄어든다는 뉴스 헤드라인을 읽었다. 누군가 트위터에 기사 링크를 올린 걸 본 것 같다. 아니면 그냥 자기 생각을 쓴 트윗이었거나. 언젠가부터 기사와 아무말을 구분하기가 점점 더 어려워진다.

이 글을 쓰며 정확한 사실을 알아보기 위해 네이버에 '밤샘 심장 수명'이라고 검색해봤다. 다양한 기사가 나왔다. "밤샘 축구 경기 시청 시 '심장' 조심하세요!" "밤샘 작업 많은 현대인, 비만·혈압 상승 주의해야"

"당신도 '수면 파산' 상태입니까" "수면 시간 줄이는 현대인… '느린 형태의 자기 안락사'" 등등. 나는 그만 알아보기로 하고 인터넷 창을 닫았다. 지금은 새벽 5시고 갑자기 심장이 죄어오는 것 같다.

41년을 사는 동안 얼마나 많은 밤을 새웠는지 모르겠다. 엄마와 같은 방을 쓰던 초등학생 시절 엄마가 잠들기를 기다렸다가 이불을 뒤집어쓰고 손전등 불빛에 의지해 『바스커빌가의 개』나 『에밀과 탐정들』 같은 책을 읽던 게 기억난다. 중학교에 올라가면서 내 방과 컴퓨터가 생긴 덕에 중고등학교 6년은 PC통신과 함께 보냈다. 나우누리 횡설수설 게시판에 글을 쓰며 지새던 숱한 밤…… 대학교에 가서는 술을 마시느라 밤을 새웠고, 군대에서는 밤샘 근무가 잦은 보직에 배치되는 바람에 군 생활 내내 이삼일에 한 번은 밤을 꼬박 새워야 했다. 대학교에 복학해서는 다시 술을 마시며 밤을 새웠고, 회사에 다니는 동안에는 자는 시간이 아까워서 밤을 새웠으며, 프리랜서가 되어서는 아예 낮과 밤이 뒤바뀐 생활을 했다.

그 시간 동안 나는 수많은 책을 읽고 사람을 만나고

기억에 눈이 부셔서

노래를 들었다. 영화와 드라마를 몇 편씩 연달아 보고 어두운 골목을 따라 오래 걸었다. 영업이 끝난 카페 앞 야외 테이블에 앉아 강바람을 맞으며 긴 대화를 나누기도 했다. 그런 밤들이 있었기에 지금까지 나는 몇 권의 책을 쓸 수 있었다. 그 책들에 실린 문장은 모두 얼마간 밤의 문장들이다. 그게 좋은 건지 나쁜 건지는 둘째치고.

이제 더 이상 밤새우기를 원하지 않는다. 나는 가족과 함께하는 저녁과 단잠이 있는 밤과 상쾌한 아침을 원한다. 아마 나이를 먹었기 때문일 것이다. 아이와 함께 살기 시작했고, 세상을 보는 눈이 달라졌다. 무엇보다 체력이 바닥났다. 하룻밤을 새우면 일주일은 골골대는 몸이 되어버린 것이다. 그런 이유로, 나는 밤을 새우면 심장에 무리가 가서 수명이 줄어든다는 뉴스(트윗인가?)를 본 순간 앞으로 무슨 일이 있어도 밤을 새우지 않겠다고 다짐했다. 이 글만 다 쓰면 정말로 그럴 생각이다…….

나의 복숭아

(체념에 가까운) 자신감

11년 동안 프리랜서로 살아오며 이런저런 일을 겪었다. 좋을 때도 있고 나쁠 때도 있었다. 대부분의 시간이 수백 번의 마감과 함께 근근이 흘러갔다.

지금도 나를 깜짝깜짝 놀라게 만드는 일이 있다. 여전히 마감 하나하나가 새롭게 어렵다는 사실이다. 마감을 할 때마다 나는 친구들에게 이제 글을 못 쓰겠다고, 지금까지 어찌저찌 해왔지만 여기까지인 것 같다고, 이번엔 진짜라고 말한다. 밤새 하얀 모니터를 노려보고 키보드를 새로 사고 바닥을 데굴데굴 구르며 죽음에 대해 생각한다.

물론 나는 항상(거의⋯⋯) 마감을 한다. 어떻게 그럴 수 있는지 모르겠다. 그리고 돌아온 다음 마감 앞에서 나는 친구들에게 이제 정말 글을 못 쓰겠다고, 지금까지 어찌저찌 해왔지만 정말 여기까지인 것 같다고, 이번엔 진짜진짜라고 말한다. 밤새 하얀 모니터를 노려보고 키보드를 새로 사고 바닥을 데굴데굴 구르며 죽음에 대해⋯⋯.

가끔은 나도 궁금하다. 이럴 거면 애초에 거절을 하는 게 맞지 않나?

여기에는 약간의 시차가 있다. 멀리 있는 마감은 멀리 있고, 그때 나는 자신만만하다. 물론 그건 사람들이 흔히 말하는 자신감! 같은 거랑은 조금 다르다. 몰라, 어떻게든 되겠지…… 하는 느낌의 자신감이라고 해야 하나? 뿜뿜보다는 줄줄이나 질질에 더 가까운, 차라리 체념이라고 부르는 게 더 어울릴.

마감이 가까워질수록 그나마 있던 자신감은 점점 쪼그라들고 어느 순간 세상에 나와 무슨 말을 써야 할지 모를 텅 빈 원고만 달랑 남은 기분이 된다. 정확하게 말하면 나와 무슨 말을 써야 할지 모를 텅 빈 원고 여럿만 달랑 남은 기분이 된다고 해야겠지만.

이건 다른 이야긴데, 두 돌을 넘기면서 아이는 부쩍 독립심이 강해졌다. 무슨 일이든 혼자 하겠다고 주장하며 부모의 손길을 거절한다. 계단을 오르내릴 때 손을 잡아줘서는 안 되고, 높은 곳에 올라갈 때 몸을 받쳐줘서도 안 되며, 의자를 한껏 뒤로 젖힐 때도 의자를 잡으면 안 된다는 식이다. 늘 자신감이 넘치는데 부모가 그걸 알아

나의 복숭아

주지 않아 분통이 터진다는 투다. 그러다 어느 순간, 위기가 찾아오거나 아무리 애를 써도 잘 되지 않을 때 아이는 엄마 아빠의 손을 다급하게 잡으며 "도와줘!" 소리친다. 지금까지 도와주지 않고 뭘 했냐는 듯이, 당당하게. 그리고 나는 그게 좋다.

그러니까 나는 갑자기 이런 생각이 들었다. 어쩌면 내가 쓰는 모든 글이 '도와줘'의 다른 말인지도 모르겠다는. 물론 아이의 "도와줘!"와는 다른 "도와줘……"에 더 가깝겠지만. 내 글에서 가끔(어쩌면 자주) 징징 소리가 들린다면 아마 그 때문일 것이다. 도와줘……

책

다시는 읽을 일이 없을 거라고 생각하고 처분한 책이 필요해지는 때가 있다. 이 글을 쓰는 동안에도 그런 일이 일어났다. 책은 늘 이런 식으로 복수를 한다.

아버지는 만화가였다. 덕분에 집엔 항상 책이 많았다. 아직 한글을 떼기 전부터 나는 책을 블록처럼 쌓으며 놀았다. 학교에 다니기 시작하면서 막내 외삼촌이 운영하는 동네서점에 매일같이 드나들었다. 카운터 옆 작은 보조의자에 앉아 밤이 늦도록 책을 읽었다. 군대에선 새벽 근무를 하는 동안 시간을 때우기 위해 책을 읽고 인터넷 서점에 리뷰를 썼다. 제대해서는 책을 사느라 쓴 카드빚을 갚기 위해 인터넷 서점에서 아르바이트를 시작했고, 대학을 졸업한 후에는 인터넷 서점에 어린이/유아 담당 MD로 입사했다. 1년 뒤에는 인문 MD로 분야가 바뀌었고, 회사를 그만둔 지금까지 책을 읽고 책을 쓰는 일을 직업으로 삼고 있다. 그걸 직업이라고 할 수 있다면 말이지만.

며칠 전에는 작은 서점을 열어도 좋겠다는 생각을 했다. 그런 생각을 한 건 난생처음이어서 좀 놀랐다. 아무튼 서점을 열려면 부지런히 책을 쓰고 돈을 벌어서 건물을 사야 한다. 아니면 아기가 커서 연예인이 되도록 뒷바라지를 열심히 해서 아기(그때는 아기가 아니겠지만)가 벌어오는 돈으로 건물을 사거나…… 어떤 식으로든 작은 서점을 시작하려면 건물은 필수라는 게 내 지론이다.

나의 복숭아

내게 책은 날씨 같다. 책이 없으면 기억이나 삶도 없을까? 적어도 기억은······.

-정연씨, 또 옛날 생각해요?

지돈씨가 내게 물었다. 진부책방에서 열린 정지돈 작가와의 만남이 끝나고 몇 사람이 남아 이야기를 나누던 자리였다. 정지돈과 강보원의 대화를 듣다가 잠깐 딴생각을 했는데 티가 났던 모양이다. 언제부턴가 나는 혼자 있을 때나 사람들 사이에 있을 때나 상관없이 곧잘 옛날 생각에 빠진다. 길을 걷다 함정에 빠지듯 쑥, 빠지고 만다. 자꾸만 옛날 생각에 빠지는 건 기억이 너무 많기 때문이다. 날씨와 야구와 밤과 자신감과 책과 그밖의 온갖 것들에 대한 기억이······.

*

어린 시절 잠이 오지 않는 밤마다 수없이 반복해서 읽던 『피너츠』의 세계에서 찰리 브라운은 늘 지기만 하는 팀의 투수 겸 감독으로 등장한다. 그의 팀에는 언제나 공을 놓치는 외야수 루시 반 펠트가 있다. 평범한 뜬공

기억에 눈이 부셔서

이 날아올 때마다 자기가 잡겠다고 큰소리치다가 어이 없이 공을 놓치는 루시는 매번 비슷하지만 다른 변명을 늘어놓는다. 햇빛에 눈이 부셔서, 공기에 눈이 부셔서, 잔디에 눈이 부셔서…….

그러던 어느 날 또 한 번 공을 놓친 루시가 마운드에 선 찰리 브라운에게 말한다. 미안하다고. 잡을 수 있을 거라고 생각했는데 그동안 놓쳤던 모든 공이 갑자기 떠올랐다고. 그러고는 덧붙인다. "기억에 눈이 부셔서."

나는 루시의 말을 이해할 수 있다. 내가 마감에 쩔쩔매는 것도 실은 기억 때문이다. 글을 쓰기 위해 자리에 앉아 하얀 모니터를 바라보면 내가 쓰거나 쓰지 않은 기억들이 나를 바라본다. 그럼 나는 의기소침해지고 손발이 오그라든다. 오그라든 손으로 타자를 친다는 건 쉽지 않은 일이다.

그렇지만 어떻게든 글을 쓰는 것도 결국엔 기억 때문이다. 왜 아니겠는가? 그러니 나는 이제 이렇게 글을 끝낼 수 있다. 나의 복숭아는 날씨와 야구와 밤과 (체념에 가까운) 자신감과 책이지만, 동시에 날씨와 야구와 밤과 자신감과 책에 대한 나의 기억이라고. 그것은 내가 가진

나의 복숭아

얼마 안 되는 빛나는 것이지만 그 때문에 나는 종종 공
을 놓치기도 한다고.

*이 글을 쓰며 직간접적으로 참고한 작품들의 대략적인 목록은 다
음과 같다.

Jonas Mekas, *I Seem to Live: the New York Diaries, 1950-1969*:
Volume 1

♪ 일리네어 레코즈, 「연결고리(feat. MC Meta)」

♪ 이랑, 「욘욘슨」

황선미, 『마당을 나온 암탉』

롤랑 바르트, 『롤랑 바르트, 마지막 강의』

레너드 코펫, 『야구란 무엇인가』

찰스 M. 슐츠, 『피너츠』

기억에 눈이 부셔서

나의 복숭아

꺼내놓는 비밀들

©김신회 남궁인 임진아 이두루 최지은 서한나 이소영 김사월 금정연

1판 1쇄 2021년 7월 23일
1판 4쇄 2024년 7월 24일

지은이 김신회 남궁인 임진아 이두루 최지은 서한나 이소영 김사월 금정연
펴낸이 강성민
편집장 이은혜
마케팅 정민호 박치우 한민아 이민경 박진희 정유선 황승현
브랜딩 함유지 함근아 고보미 박민재 김희숙 박다솔 조다현 정승민 배진성
제작 강신은 김동욱 이순호

펴낸곳 (주)글항아리 | 출판등록 2009년 1월 19일 제406-2009-000002호
주소 10881 경기도 파주시 심학산로 10 3층
전자우편 bookpot@hanmail.net
전화번호 031-955-2689(마케팅) 031-941-5158(편집부)

ISBN 978-89-6735-924-9 03810

www.geulhangari.com